Annette Neubauer
Tatort Forschung · Ein Fall für den Meisterschüler

Annette Neubauer

Ein Fall für den Meisterschüler

Illustrationen von Silvia Christoph

Loewe

*Der Umwelt zuliebe ist dieses Buch
auf chlorfrei gebleichtem Papier gedruckt.*

ISBN-10: 3-7855-5882-1
ISBN-13: 978-3-7855-5882-9
1. Auflage 2006
© 2006 Loewe Verlag GmbH, Bindlach
Umschlagillustration: Silvia Christoph
Umschlagfoto: gettyimages / Atommodell
Umschlaggestaltung: Andreas Henze
Printed in Germany (007)

www.loewe-verlag.de

Inhalt

Der Diebstahl 11
Wonach sucht der Dieb? 22
Die Verfolgung 31
Eine heiße Spur 42
Der Gesandte des Königs 51
Nächtliches Abenteuer 62
Die Einladung 71
Maskerade 80
Bedrohlicher Besuch 89
Die unterirdische Werkstatt 98

Lösungen *108*
Glossar *110*
Zeittafel *113*
Das Zeitalter der Renaissance *115*
Leonardo da Vinci: ein Universalgenie *116*
Experimente und Anregungen *121*

Der Diebstahl

„Muss ich wirklich schon wieder die Werkstatt auskehren?", stöhnte Salai und blickte Leonardo da Vinci dabei bittend an.

„Ja, das musst du!", antwortete der Gelehrte streng. Dabei würdigte er seinen zwölfjährigen Schüler, der mit seinem ausgewaschenen Hemd und den abgewetzten Hosen wie ein Bauernjunge aussah, keines Blickes. Da Vinci stand an seinem Pult und schaute in sein geöffnetes Notizbuch. Dann griff er nach einer Feder und begann zu schreiben.

„Druck erzeugt Gegendruck", murmelte er halb laut und strich sich gleichzeitig über seinen langen grauen Bart.

„Was sagt Ihr?", fragte Salai, der lustlos den Besen ergriffen hatte.

„Nichts, Salai", erwiderte der Meister. „Ich überlege nur laut."

„Das müssen ja wichtige Aufzeichnungen sein, wenn Ihr schon Selbstgespräche führt!" Froh über jede Unterbrechung, die sich ihm beim Fegen bot, versuchte Salai, seinen Lehrer in ein Gespräch zu verwickeln.

Leonardo seufzte und zog seine buschigen Augenbrauen in die Höhe. Er schien zu ahnen, dass Salai jetzt keine Ruhe mehr geben würde.

„Komm mal her, ich will dir etwas zeigen!" Leonardo winkte seinen Schüler zu sich. Sofort ließ Salai den Besen auf den Boden fallen und lief zum Pult Leonardos.

„Sieh dir das einmal an!"

Salai folgte mit seinen Augen dem Finger da Vincis, der durch das geöffnete Fenster wies. Von der Werkstatt aus, die sich im oberen Teil eines Turms befand, hatte man einen prächtigen Blick auf die Dächer von Florenz. Aus dem dichten Häusermeer ragten vereinzelt Kuppeln. Umgeben von mächtigen Mauern, lag die Stadt in der eintretenden Dämmerung. Das rege Treiben des Tages hatte sich gelegt: Die Bürgerfrauen waren mit ihren Kindern in die Häuser zurückgekehrt, die Straßenverkäufer hatten ihre Waren eingepackt, und die Händler zählten die Goldmünzen, die sie verdient hatten.

„Was siehst du?", fragte Leonardo seinen Schützling.

„Na ja, nichts Besonderes", entgegnete Salai und fuhr sich ratlos durch die braunen Locken. „Straßen, Dächer, Fenster ..."

„Nein, dort, über dem Fluss, schau genau hin", forderte Leonardo ihn auf.

Über dem *Arno* schwebten zwei Falken, die sich mit kreisförmigen Bewegungen am Himmel bewegten.

„Da sind zwei Vögel", stellte Salai unbeeindruckt fest.

„Genau, zwei Vögel", bestätigte Leonardo nachdenklich. „Die Natur lehrt uns so vieles. Es muss doch möglich sein, Flügel zu bauen, mit denen ein Mensch ebenfalls in der Luft schweben kann."

Er beugte sich vor, wobei ihm einige Locken ins Gesicht fielen, und griff nach einer Holzkonstruktion unter seinem Pult. Das Modell erinnerte an das Skelett eines Vogels.

„*Maestro*, Ihr glaubt doch nicht im Ernst, dass Menschen fliegen können!" Salai verdrehte seine Augen. „Ihr verschwendet Eure Zeit!"

Ohne seine Worte zu beachten, richtete sich Leonardo wieder auf. Trotz seiner schlichten, langen Wollkutte, die mit einem einfachen Gürtel lose zusammengehalten wurde, wirkte da Vinci elegant und würdevoll. Nun hob und senkte er den seltsamen Holzvogel, wobei sich dessen Flügel auf und ab bewegten.

„Wie müssen Flügel beschaffen sein, die einen Menschen tragen können?", fragte er seinen Schüler. „Der Mensch sollte seinen Körper ebenso frei bewegen wie seinen Geist ..."

„Maestro", unterbrach Salai ihn und strich sich eine dunkle Haarsträhne aus dem Gesicht. „Es hat gerade an der Tür geklopft."

Offenbar war Leonardo so in seine Überlegungen vertieft gewesen, dass er das Klopfen gar nicht gehört hatte. „Dann geh, und öffne", befahl er.

Salai lief die Treppen zur Eingangshalle hinunter, öffnete die Haustür und blickte in das Gesicht einer geheimnisvoll lächelnden Frau.

„Oh, guten Abend, Signora del Giocondo!", begrüßte Salai die elegante Erscheinung und verbeugte sich tief. „Tretet ein und nehmt einen Augenblick in der Biblio-

thek Platz. Ich werde den Maestro sofort über Euer Kommen unterrichten."

Eilig stürmte Salai die Treppenstufen wieder hinauf.

„Es ist Lisa del Giocondo", rief er seinem Lehrer atemlos entgegen.

„Ah, *Mona Lisa*", entgegnete Leonardo erfreut. „Ich gehe sofort zu ihr. Aber du bleibst hier und räumst die Werkstatt auf. Komm nicht auf die Idee, dich wieder in den Gassen herumzutreiben!"

Bei diesen Worten blickte sich Salai verzweifelt in der Werkstatt um: Auf und unter den Tischen stapelten sich Bücher, Landkarten und Farbtöpfe, und die Regale waren voll gestopft mit Instrumenten, Apparaten und gläsernen Linsen. Der einzige ordentliche Platz in dem überfüllten Turmzimmer war wie immer Leonardos Pult. Auf ihm lagen nur das aufgeschlagene Notizbuch seines Meisters und eine Feder.

„Hat das nicht Zeit bis morgen?", seufzte Salai. Doch Leonardo verließ wortlos die Werkstatt, um die Treppe hinunterzueilen.

Unwillig griff Salai zu seinem Besen und begann erneut zu kehren. Dabei warf er fast eins der vielen Gläser mit Ölfarbe um, die auf dem Boden standen. Gelangweilt unterbrach er seine Arbeit und schlenderte zu dem immer noch offenen Fenster. Er warf einen sehnsüchtigen Blick auf das abendliche Florenz, in dem nach und nach die ersten Lichter angingen. Doch Salai wurde unvermittelt aus seinen Träumereien herausgerissen, als ein kleiner Kieselstein direkt vor seinen Füßen landete.

„Salai! Salai!", erklang eine gedämpfte Stimme von der Gasse zu ihm herauf. „Komm runter! Lass uns sehen, ob wir irgendwo etwas Leckeres zu essen finden."

Salai blickte nach unten und entdeckte eine schemenhafte Gestalt, die ihm zuwinkte. Es war seine Freundin Caterina, die Tochter des Schreiners, der sein Handwerk im Nachbarhaus ausübte. Wie immer war die Elfjährige sehr nachlässig gekleidet: Die Haube saß schief auf ihren braunen, gekräuselten Haaren, und unter ihrem langen, zerschlissenen Kleid schauten bloße Füße hervor. Bestimmt hatte sie sich ohne die Erlaubnis ihrer Eltern aus dem Haus geschlichen.

Salai überlegte nicht lange. Aufräumen konnte er auch später noch! Die Besuche Signora Giocondos bei Leonardo zogen sich oft lange hin.

„Ich komme", rief Salai seiner Freundin zu und warf den Besen in eine Ecke.

Schnell hastete er die Stufen in die Eingangshalle hinunter. Dort verlangsamte er seinen Schritt. Die Tür zur Bibliothek stand offen. Salai blinzelte hinein und warf einen Blick auf Lisa del Giocondo: Mit ihrem wertvollen Kleid aus grüner Seide und ihren dunklen Haaren, die von einem goldenen Stirnband zusammengehalten wurden, sah sie beeindruckend schön aus.

„Wie lange braucht Ihr noch bis zur Fertigstellung meines Gemäldes?", fragte Lisa gerade und schaute Leonardo dabei tief in die Augen. „Ihr arbeitet jetzt schon über ein Jahr daran."

Salai zog eine Grimasse. Was für eine eingebildete und eitle Person sie doch war! Aber jetzt kam es ihm ganz recht, dass sie da Vinci so für sich in Anspruch nahm. Je tiefer der Meister in das Gespräch versunken war, desto leichter konnte Salai verschwinden.

„Nun", hob der Maestro gerade an und blickte Lisa dabei ebenso tief in die Augen wie sie ihm, „eine so vollendete Schönheit, wie Ihr es seid, braucht ein ebenso vollendetes ..."

Auf Zehenspitzen schlich Salai an der Bibliothek vorbei und ging mit schnellen Schritten zur Haustür. Verwundert stellte er fest, dass sie nicht geschlossen war. Er musste die Tür vorhin offen gelassen haben, als Signora del Giocondo das Haus betreten hatte. Zum Glück hatte Leonardo seine Unachtsamkeit nicht bemerkt. Doch nun kam es darauf an, unbemerkt das Haus zu verlassen! Leise zog er die Tür hinter sich zu.

Gleich nachdem der Junge aus dem Haus gelaufen war, löste sich eine dunkle Gestalt aus dem Schatten des Kleiderschrankes, der im hinteren Teil der Eingangshalle stand. Geschmeidig wie ein Raubtier glitt der Mann die Treppen nach oben. Sein tief in das Gesicht gezogener Hut und sein schwarzer Umhang ließen ihn im dunklen Treppenhaus nahezu unsichtbar werden. Nur der Griff seines Degens blinkte ab und zu auf.

Oben angelangt, verschwand der Mann in der Werkstatt und sah sich um. Ein kurzer Blick genügte ihm, um sich zurechtzufinden. Lautlos durchquerte er den

Raum, bis er entdeckte, was er gesucht hatte. Nur wenige Augenblicke später schlich die unheimliche Gestalt wieder die Treppen herunter. Der Unbekannte warf einen kurzen Blick in die Bibliothek, grinste bei dem Anblick von Leonardo und Lisa zufrieden in sich hinein und huschte aus dem Haus.

„Bis morgen!", rief Salai Caterina zu und wischte sich noch einmal über den Mund. Die Marzipanplätzchen, die so verheißungsvoll in einem geöffneten Fenster gestanden hatten, waren wirklich ausgezeichnet gewesen. Zufrieden mit dem Abend ging Salai ins Haus zurück, hörte erleichtert die Stimmen von Lisa und Leonardo aus der Bibliothek und schlich wieder hinauf in die Werkstatt. Um Leonardo nicht zu verärgern, wollte er wenigstens noch etwas aufräumen.

Doch dazu kam Salai an diesem Abend nicht mehr, denn er merkte sofort, dass in der Werkstatt etwas nicht stimmte.

 *Was ist Salai aufgefallen?*

# Wonach sucht der Dieb?

„Wo ist bloß das Notizbuch? Es lag doch eben noch auf Leonardos Pult!", überlegte Salai verzweifelt. „Ob es jemand gestohlen hat? Ich muss Leonardo rufen! Mist! Dann erfährt er, dass ich heimlich weg war und ..."

Doch da hörte Salai schon die Schritte seines Lehrers, der die Treppen hochstieg. „Schluss mit dem Aufräumen", rief da Vinci gut gelaunt. „Es ist spät! Du hast genug gearbeitet."

Salai wurde puterrot, als Leonardo vor ihm stand. „Was hast du denn?", fragte ihn Leonardo besorgt. „Geht es dir nicht gut?"

„Doch, doch, es ist nur, wisst Ihr vielleicht, wo ... also ... habt Ihr das ..."

„Wo ist mein Notizbuch?", unterbrach ihn Leonardo, bevor Salai zu Ende reden konnte. „Du sollst aufräumen und nicht umräumen. Wie oft habe ich dir das schon gesagt!"

„Äh, ich weiß nicht, eben lag es noch da, und auf einmal ... ist es weg", stotterte Salai.

„Du willst mir doch nicht sagen, es sei aus dem Fenster geflattert?" Langsam ahnte Leonardo, dass etwas nicht stimmte. „Salai, warst du etwa wieder unterwegs? Hast du dich wieder unerlaubt herumgetrieben?"

„Maestro, ich war nur für ein paar Minuten weg, und als ich wiederkam, war das Notizbuch nicht mehr da und ..."

„Es war nicht mehr da?" Verzweifelt raufte sich Leonardo die Haare und stürmte zum Pult. „Hast du auch überall nachgeschaut? Ist es vielleicht heruntergefallen?"

Leonardo schob das Pult zur Seite, schaute unter die Tische, durchwühlte das Regal und setzte sich schließlich laut seufzend hin. „Salai, weißt du überhaupt, welchen Wert dieses Notizbuch hat? Es enthält die Berechnungen und Skizzen aller meiner Erfindungen der letzten Jahre."

Salai schaute betreten zu Boden. „Ja, Maestro", entgegnete er mit trockenem Mund.

„Erklär mir wenigstens, wie das geschehen konnte", forderte Leonardo seinen Schüler streng auf. „Die Haustür ist doch immer verschlossen! Wie kann der Dieb hereingekommen sein? Hast du irgendetwas Auffälliges bemerkt?"

Salai wäre am liebsten im Boden versunken. Er war kurz davor, die Treppen hinunterzulaufen und sich irgendwo zu verstecken. Aber etwas hielt ihn davon ab. Wenn er schon einen Fehler gemacht hatte, dann musste er ihn wenigstens zugeben. Salai holte tief Luft und schaute Leonardo in die Augen.

„Ich habe die Tür nicht wieder zugemacht, als ich Signora Giocondo ins Haus gelassen habe", begann er leise. „Bei dieser Gelegenheit muss der Dieb ins Haus gekommen sein. Und dann bin ich selbst mit Caterina draußen gewesen. Als ich zurückkam, bin ich wieder in die Werkstatt gegangen. Da war das Notizbuch weg." Salai flüsterte die letzten Worte nur noch.

Leonardo ballte die Hände zu Fäusten. *„Buono a nulla!* Du Nichtsnutz!", rief er laut. „Was soll ich nur mit dir machen? Eigentlich müsste ich dich in die Gassen jagen, da fühlst du dich offensichtlich sowieso am wohlsten."

„Bitte nicht, Meister", flehte Salai. „Ich möchte noch so viel von Euch lernen! Von nun an werde ich auch bestimmt immer auf Euch hören!"

„Versprich nie, was du nicht halten kannst", entgegnete Leonardo kopfschüttelnd. „Und jetzt geh mir aus den Augen. Ab in deine Kammer! Leg dich schlafen."

Mit gesenktem Kopf ging Salai nach unten. Hinter der Küche befand sich ein kleiner Raum mit einem einfachen Bett, einer Holztruhe und einem kleinen Fenster zum Hinterhof. Erschöpft ließ sich Salai auf seinen Strohsack fallen. Unruhig wälzte er sich von einer Seite auf die andere, bis er schließlich in einen unruhigen Schlaf fiel. In der Nacht träumte der Junge von einem riesigen Raubvogel, der durch ein geöffnetes Fenster in Leonardos Werkstatt flog. Mit einem

Buch im Schnabel verschwand das Tier wieder in der Nacht, während Salai wie gelähmt dastand und ihm hilflos hinterherblickte.

Als Salai am nächsten Morgen aufwachte, fühlte er sich völlig erschlagen. Er stöhnte auf: „Das Notizbuch!"

Fast hätte er sich die Decke wieder über den Kopf gezogen. Aber dann gab er sich einen Ruck, stand schnell auf und zog sich an. Vielleicht konnte er Leonardo mit einem guten Frühstück und frischem Weißbrot milder stimmen. Doch als er in die Küche kam, sah er einen bereits benutzten Teller und einen Becher auf dem Tisch stehen.

„Maestro! Habt Ihr schon gefrühstückt?", rief Salai. „Seid Ihr da?" Im Haus blieb es still. „Er ist wohl schon unterwegs", murmelte Salai und schnappte sich einen

Kanten Brot. Im Grunde war er erleichtert, seinen Meister noch nicht zu Gesicht zu bekommen.

„Ob Caterina irgendjemanden bemerkt hat, als sie gestern Abend draußen auf mich gewartet hat?", überlegte er, während er das Brot in den Mund schob. Er beschloss, seine Freundin danach zu fragen. Schon war er an der Haustür, zog sie diesmal sorgfältig hinter sich zu und lief ins Nachbarhaus.

„Caterina!", rief Salai, während er die Werkstatt ihres Vaters betrat, die im Hinterhof lag. „Stell dir vor, was passiert ist!"

Caterina putzte gerade die Treppenstufen zum Haupthaus. Froh über die Unterbrechung bei der eintönigen Arbeit, winkte sie ihrem Freund zu.

„Guten Morgen, Salai!"

Salai trat auf sie zu und begann aufgeregt, ihr von dem Diebstahl zu berichten.

„Warte!", unterbrach ihn Caterina. „Das Notizbuch wurde gestohlen? Wenn der Dieb Geld, Schmuck oder ein Gemälde mitgenommen hätte, könnte ich das ja verstehen. Aber warum ein Notizbuch?"

Salai erklärte ihr, dass Leonardo die Skizzen und Berechnungen zu seinen Erfindungen in das Notizbuch eintrug. Dabei fuchtelte er wild mit den Händen herum, als ob Caterina ihn so schneller verstehen würde. „Wenn der Einbrecher anhand von Leonardos Aufzeichnungen seine Erfindungen nachbaut, kann er die Ideen meines Meisters als seine eigenen ausgeben und vielleicht teuer verkaufen!"

Caterina verstand langsam, worum es ging, und wurde neugierig. „Gesehen habe ich gestern leider niemanden vor eurem Haus", sagte sie nachdenklich. „Aber vielleicht können wir den Täter trotzdem finden, wenn wir wissen, was genau er mit dem Notizbuch vorhat. Woran hat Leonardo denn in letzter Zeit gearbeitet?"

„Also, gestern hat er etwas von Vogelschwingen und Flugapparaten erzählt", überlegte Salai.

„Du meinst, er glaubt, dass Menschen fliegen können?", fragte Caterina ungläubig und starrte Salai an. „So wie Vögel?"

„Ja, irgendwie schon", entgegnete ihr Freund.

„*Santo Padre*!", entfuhr es Caterina. „Und was steht noch in dem Notizbuch?"

„Hm, viele Dinge. So genau weiß ich es nicht", antwortete Salai, dem es angesichts von Caterinas Bewunderung fast peinlich war, bislang so wenig Interesse an Leonardos Arbeit gezeigt zu haben.

„Wenn wir den Täter fangen wollen, müssen wir erst einmal herausfinden, weshalb das Notizbuch wich-

tig für ihn ist. Nur so können wir ihm auf die Spur kommen. Vielleicht ist er auch an ganz anderen Erfindungen interessiert? Wer weiß, was sich dein Lehrer sonst noch alles ausgedacht hat." Caterina stemmte die Hände in die Hüften. "Lass uns Leonardo einfach fragen!"

"Das ist keine so gute Idee. Leonardo ist wütend auf mich. Du weißt schon, wegen unseres Ausflugs gestern Abend", erklärte Salai. "Aber ich glaube, ich weiß, wie wir mehr über seine Arbeit herausfinden, ohne ihn fragen zu müssen. Komm mit!"

Zusammen mit Caterina ging Salai zurück ins Haus seines Meisters. Leonardo war noch unterwegs.

"Gut so", dachte Salai, als sie die Treppen nach oben stiegen. In der Werkstatt schaute er sich um und entdeckte kurz darauf, was er gesucht hatte: Es handelte sich um einen Zettel mit Leonardos Handschrift, der neben zahlreichen Skizzen von Lisa del Giocondo an der Wand hing. Salai nahm ihn herunter und zeigte ihn Caterina.

„Auf dieser Liste stehen die wichtigsten Erfindungen Leonardos!", sagte er stolz.

Verwundert nahm Caterina das Blatt in die Hände. Salai hatte ihr ein wenig Lesen und Schreiben beigebracht. Trotzdem stutzte sie, als sie auf das Blatt sah. Doch nach einigem Nachdenken wusste sie, wie sie die Schrift Leonardos entziffern konnte.

? Was steht auf der Liste?

Die Verfolgung

Mühsam las Caterina die Liste vor. „Fahrrad, Panzer, Fallschirm, Flugapparat, Unterseeboot, Taucheranzug." Sie sah Salai fragend an. „Warum um alles in der Welt schreibt dein Lehrer denn so merkwürdig? Das kann man ja kaum lesen!"

„Der Maestro schreibt immer von rechts nach links in Spiegelschrift", antwortete Salai. „Warum, weiß ich auch nicht so genau. Vielleicht will er es Fremden damit schwerer machen, seine Aufzeichnungen zu lesen."

Caterina nickte und vertiefte sich wieder in die Liste. „Santo Padre! Ein Boot, das unter Wasser schwimmt? Ein Anzug, mit dem man tauchen und dabei atmen kann? Und was ist bloß ein Fahrrad?"

Salai schaute sich um und zog eine Zeichnung aus dem Regal. Darauf war ein hölzernes Gestell mit einem kleinen Vorderrad und einem etwa doppelt so großen Hinterrad zu sehen. „Leonardo sagt, damit kommt ein Mensch schneller voran als auf zwei Beinen", erklärte Salai seiner Freundin.

„Aber bestimmt nicht so schnell wie mit zwei Flügeln", meinte Caterina.

„Du glaubst, dass Leonardos Flugapparat wirklich funktionieren könnte?", fragte Salai erstaunt.

„Wenn es einer schafft, so eine Maschine zu bauen, dann Leonardo", antwortete Caterina. „Was wohl die Kirche dazu sagen würde, wenn ein Mensch in den Himmel aufsteigt? Ob man mit dem Flugapparat die Engel in den Wolken besuchen könnte? Und den Heiligen Geist?"

Salai runzelte die Stirn. „Den Geistlichen würde es wohl einen gehörigen Schrecken einjagen, wenn sich jemand zum Herrgott in die Höhe wagen würde. Aber der ein oder andere Herrscher oder König würde sicher gerne einmal die Erde von oben betrachten", überlegte er. „Er würde von allen anderen Machthabern beneidet."

„Was braucht man denn, um so eine Flugmaschine zu bauen?", wollte Caterina von Salai wissen.

„Leonardo erwähnte einmal, er würde sehr viel Stoff, Leder und Bambus benötigen. Aber das Material sei viel zu teuer für ihn. Deswegen konnte er bis heute nicht mit dem Bau der Erfindung beginnen."

„Dann wissen wir also bereits, dass der Dieb wohlhabend sein muss und große Mengen an Baumaterial braucht", folgerte Caterina.

„Oder es ist ein Vertreter der Kirche, der verhindern will, dass sich Menschen mit der Flugmaschine an göttliche Orte begeben, die nicht für sie bestimmt sind", überlegte Salai.

„Es kann aber auch ein religiöser Eiferer dahinter stecken, der als Erster den Himmel erkunden und auf diesem Weg viele Anhänger gewinnen möchte", ergänzte Caterina.

„Oje, dann gibt es viele Verdächtige." Salai kratzte sich am Kopf. „Wo sollen wir denn da nur anfangen zu suchen?"

„Gehen wir zunächst davon aus, dass der Täter den Flugapparat wirklich bauen will", schlug Caterina vor. „Das kommt mir am wahrscheinlichsten vor. Dann wird er sich so schnell wie möglich an Händler wenden, um die nötigen Materialien zu kaufen."

„Also müssen wir auch zu den Händlern gehen, um den Dieb zu erwischen", führte Salai die Gedanken seiner Freundin fort.

„Genau! Und ich weiß auch schon, zu wem wir als Erstes gehen: zu Stefano Pius!", schlug Caterina vor. „Mein Vater sagt doch immer: Keiner hat besseres Tuch als Pius! Und wenn der Täter die Flügel des Flugapparates mit Stoff bespannen will, braucht er gute Qualität!"

„Dann los!" Salai drehte sich um und rannte aus der Werkstatt. Der Maestro würde bestimmt nicht begeistert sein, wenn Salai schon wieder unerlaubt das Haus verließ, um auf eigene Faust Nachforschungen anzustellen. Sie beeilten sich besser, bevor Leonardo zurückkam.

Gemeinsam gingen sie durch die sonnigen Gassen von Florenz, vorbei an dem *Palazzo Vecchio* mit seinem hohen Glockenturm, bis sie vor dem Laden von Stefano Pius standen.

„Und jetzt?", fragte Salai seine Freundin. „Wird Stefano Pius es nicht merkwürdig finden, wenn wir ihn über seine Kunden ausfragen?"

„Lass mich nur machen", erwiderte Caterina mit einem Zwinkern und betrat den Laden.

„*Buon giorno*, Signor Pius!", grüßte sie einen mittelgroßen Mann in engen Hosen und einer roten Jacke, die mit einem Gürtel zusammengehalten wurde.

„Ah, die hübsche Signorina Caterina!", rief der Händler erfreut aus. „Was kann ich für dich und deinen werten Vater tun?"

Caterina tat so, als ob sie die Frage gar nicht gehört hätte. „Wie geht es Euch?", fragte sie stattdessen zurück.

„Danke, danke!", antwortete Stefano Pius freundlich. „Ich kann nicht klagen."

„Man hört aber", flunkerte Caterina „dass die Geschäfte bei Euch nicht mehr so gut gehen wie in früheren Zeiten!"

„Wer behauptet denn so etwas? Etwa dein Herr Vater?", empörte sich Pius. „Heute Morgen hatte ich noch keine ruhige Minute, so viele Kunden haben mich aufgesucht. Gerade eben war noch Bruder Antonio aus dem Kloster Annunziata hier und bat mich, große Mengen Baumwollstoff für ihn zu besorgen."

„Was wollen die Mönche denn mit so viel Stoff?", fragte Caterina und hielt den Atem an.

„Woher soll ich das wissen?", fragte der Händler zurück, der wegen Caterinas Bemerkung immer noch gekränkt schien. „In einem großen Kloster braucht man Stoff für alles Mögliche. Und überhaupt: Warum interessiert euch das?"

Zum Glück blieb Caterina und Salai die Antwort erspart, denn in diesem Moment öffnete sich die Ladentür. Ein edel gekleideter Mann mit einem goldbestickten Umhang und einem vornehmen Federhut trat ein.

Sofort wandte sich der Händler ihm zu und machte eine tiefe Verbeugung. „Luigi de Me...", begann er.

Doch noch bevor er den Namen zu Ende sprechen konnte, wurde er unwirsch unterbrochen. „Schon gut, Stefano", fuhr der elegante Herr ihn an. „Lasst das. Ich muss unter vier Augen mit Euch sprechen!"

„Hört ihr nicht, was er sagt?", herrschte Stefano Pius nun Caterina und Salai an und riss seine Ladentür auf. „Hinaus mit euch! Ihr wart sowieso schon neugierig genug."

„Das war aber nicht gerade freundlich", bemerkte Salai auf der Straße.

„Stimmt", antwortete Caterina. „Aber gelohnt hat sich das Gespräch mit Stefano allemal. Wer ist der Mönch Antonio, der ausgerechnet heute so viel Stoff bestellt? Und warum durften wir nicht im Laden bleiben, als der neue Kunde kam?"

„Wie war sein Name, Luigi de Me...?", überlegte Salai. „Wohlhabend war er bestimmt. Hast du seinen bestickten Umhang gesehen?"

„Und erst der Hut! Ob das eine Pfauenfeder an der Krempe war?" Caterina zupfte ein wenig an ihrem fleckigen Kleid.

„Auf jeden Fall sollten wir ihn im Auge behalten",

schlug Salai vor. „Ewig wird er ja nicht bei Stefano bleiben."

„Du meinst, wir verfolgen ihn?"

„Ja, das meine ich", entgegnete Salai. „Luigi sollten wir uns näher anschauen."

„Dann warten wir eben", seufzte Caterina. „Am besten auf der anderen Straßenseite."

Die beiden überquerten die Straße und warteten einige Minuten im Schatten eines Hofeingangs. Dann trat Luigi aus dem Laden und drehte sich nach allen Seiten um, bevor er schnellen Schrittes losging.

Sobald die Tür hinter ihm ins Schloss fiel, huschte ein Mann im dunklen Umhang verstohlen in den Laden.

„Hinterher", flüsterte Caterina und gab Salai einen sanften Stoß mit dem Ellenbogen. „Worauf wartest du?"

„Schon gut", erwiderte Salai zögernd. „Hast du gesehen, wer da gerade in den Laden hineingegangen ist?"

„Wir dürfen Luigi nicht aus den Augen verlieren", entgegnete Caterina bloß. „Los!"

Salai und Caterina folgten dem vornehmen Herrn durch die Straßen von Florenz. Dabei bemühten sie sich, immer so viel Abstand zu halten, dass er sie nicht bemerkte. Auf dem belebten Marktplatz mit seinen Fisch-, Wein- und Gewürzständen verloren sie ihn beinahe aus den Augen. Erst im letzten Augenblick entdeckte Caterina ihn wieder.

Schließlich gelangten sie zur *Via Santa Elisabeta*. Dort verlangsamte sich der Schritt von Luigi. Caterina und Salai gingen ebenfalls langsamer.

„Gnade, eine Spende!" Ein Bettler trat unvermittelt aus einem Hauseingang und fasste Caterina am Arm. „Habt Mitleid mit mir armen Sünder!"

„Wir haben nichts, was wir dir geben könnten", antwortete Caterina freundlich. Doch der Bettler stellte sich ihnen mitten in den Weg und fasste mit der anderen Hand auch Salais Arm.

„Eine kleine Spende, nur ein Bissen Brot ..."

„Aus dem Weg", fuhr Salai den Bettler an und versuchte, ihn zur Seite zu schieben.

Erst nach einigem Gezerre gab der auf und ging mit einem wütenden „Schert euch zum Teufel!" weiter.

Salai blickte sich um, doch er konnte Luigi nicht mehr entdecken. „Hast du gesehen, wo er hingegangen ist?", fragte er seine Freundin hastig.

„Er ist in einem der Häuser verschwunden", antwortete Caterina und zeigte auf die Häuserfront ihnen gegenüber. „In welches Haus er gegangen ist, konnte ich aber auch nicht sehen."

Enttäuscht blickten die beiden auf die gegenüberliegende Straßenseite. Doch auf einmal rief Caterina: „Da! Ich weiß, in welchem Haus er ist!"

In welchem Haus hat Caterina Luigi gesehen?

Eine heiße Spur

„Jetzt sehe ich ihn auch!" Salai zeigte mit dem Finger auf das Fenster, hinter dem Luigis Hut mit der großen Feder zu sehen war. „Aber was macht er nur in diesem Haus? Da wohnt doch Signora del Giocondo. Ob er sie besucht?"

„Die Signora, die dein Meister gerade malt?", fragte Caterina nach. „Das würde passen: Lisa del Giocondo lenkt Leonardo ab, unterhält sich mit ihm, und Luigi schleicht sich währenddessen unbemerkt ins Haus."

„Möglich ist es", antwortete Salai. „Aber es kann auch Zufall sein, dass die beiden sich kennen. Du weißt doch, was man sagt: In Florenz kennen sich alle."

„Und wie erklärst du dir sein verdächtiges Verhalten bei Stefano Pius? War das auch ein Zufall?", fragte Caterina nach.

„Nein, natürlich nicht, aber trotzdem ... Signora del Giocondo hat mit Sicherheit kein Interesse an Leonardos Erfindungen."

„Sie selbst nicht, aber vielleicht bekommt sie von diesem Luigi Geld für ihre Mithilfe", versuchte Caterina, Salai zu überzeugen. „Oder sie ist in Luigi verliebt und macht alles, was er sagt."

„Es kann auf jeden Fall eine Weile dauern, bis er das Haus wieder verlässt", überlegte Salai. „Und wir können hier nichts mehr tun."

„Was schlägst du vor?", fragte Caterina und starrte weiter auf das Haus, als ob sie durch seine Wände sehen wollte.

„Wir sollten die Zeit besser nutzen, anstatt uns hier die Beine in den Bauch zu stehen. Ich kann mir Signora del Giocondo nicht als Diebin oder als Verbündete des Diebes vorstellen, dafür bewundert sie Leonardo viel zu sehr. Lass uns weitere Händler befragen, vielleicht verfolgen wir eine falsche Spur", antwortete Salai.

„Also gut", seufzte Caterina. „Was hältst du davon, wenn wir zum Markt gehen?"

Schnell liefen sie die Via *Santa Elisabeta* wieder hinunter und befanden sich kurz darauf auf dem Marktplatz. Der Geruch von Fisch und verschiedenen Gewürzen stieg ihnen in die Nase. Überall drängten sich Menschen und Tiere. Neben Caterina rumpelte ein Wagen so dicht vorbei, dass sie schnell zur Seite springen musste.

Salai packte seine Freundin am Ellenbogen und zog sie mit sich. „Lass uns zu Signor Piero gehen, er hat dahinten seinen Stand", schlug er vor. „Leonardo kauft oft bei ihm ein. Er handelt mit Farben, Gewürzen, Wein und allem, was du dir überhaupt vorstellen kannst."

Caterina ließ sich durch die Menschenmenge ziehen. „Frischer Fisch", rief ihr ein Händler ins Ohr. „Probiert diese köstlichen Oliven!", versuchte ein anderer, ihre Aufmerksamkeit zu erringen.

Aber sie achteten nicht auf die Verlockungen um sie herum und gingen zielstrebig weiter. Bald standen sie vor dem Stand, den sie gesucht hatten.

„Guten Tag, Signor Piero", begrüßte Salai den Händler, der hinter einem Berg von Flaschen und Töpfen stand. „Was für schöne Farben Ihr heute wieder habt!"

„Braucht Maestro Leonardo welche?", fragte der kleine Mann und kniff die Augen zusammen. Er deutete mit seinen Wurstfingern auf die Waren vor sich. „Von Kobaltblau bis Smaragdrot: Ich habe alles im Angebot."

„Ihr wisst doch, dass Leonardo seine Farben selber anrührt", entgegnete Salai. „Aber wenn Ihr vielleicht gutes Tuch da hättet ..."

„Ach, was soll das? Siehst du hier irgendwo Stoff?", fragte Piero enttäuscht und ein bisschen ärgerlich, als

er die Aussicht auf ein Geschäft mit Salai schwinden sah. „Maestro Leonardo braucht große Mengen Stoff für eine neue Erfindung", schaltete sich jetzt Caterina ein. Dabei machte sie mit zwei Fingern ein Kreuz hinter dem Rücken und erlegte sich selbst ein Ave Maria als Buße für diese kleine Notlüge auf. „Könnt Ihr uns vielleicht einen Rat geben, wo wir Tuch für den Maestro besorgen können?"

„*All'inferno*, zur Hölle!", rief der kleine Händler aus und verdrehte die Augen. „Was ist denn heute nur los? Eben hat mich jemand gefragt, ob ich Kork und Bambus für ihn besorgen könne, jetzt fragt ihr mich nach Stoff. Nur meine Farben und Gewürze will niemand kaufen! Ich komme in viele Länder und biete Waren bester Qualität an, aber ich kann doch wirklich nicht mit allem handeln."

„Kork und Bambus?", hakte Salai ungläubig nach. „Seid Ihr sicher?"

„Natürlich bin ich sicher." Piero streckte sich nervös, um zu sehen, ob hinter Salai und Caterina bereits andere Kunden warteten.

„Könnt Ihr uns sonst noch etwas über den Mann sagen?", fragte Caterina aufgeregt. „Wie sah er aus? Hatte er einen Umhang an?"

„Ich glaube schon, ja, einen Umhang hatte er an." Piero verlor sichtlich die Geduld. „Aber jetzt muss ich wirklich weitermachen." Laut rief er aus: „Gewürze! Leuchtende Farben aus fernen Ländern! Kommt zu Piero ..."

„Signor Piero", versuchte Salai es ein letztes Mal. „Hat Euch der Fremde gesagt, wofür er den Kork und den Bambus benötigt?"

„Nun reicht es aber! Ich habe Wichtigeres zu tun, als mich mit meinen Kunden darüber zu unterhalten, wofür sie die Ware brauchen", entgegnete Piero aufgebracht. „Ich war sowieso wütend auf ihn: Erst hat er mich nach allem Möglichen ausgefragt, und dann hat er doch nichts gekauft. Genauso wie ihr. Deswegen habe ich auch seinen Zettel, den er neben den Farbtöpfen liegen gelassen hat, einfach auf den Müll geworfen. So einem trage ich nichts hinterher. Wäre ja noch schöner! Das ist doch wirklich ..."

Caterina und Salai verdrückten sich, ohne das Ende von Pieros zornigem Redeschwall abzuwarten. Sie hatten genug gehört. Vorsichtig schlichen sie zu dem Müllhaufen, der sich ein Stück weit hinter Pieros Stand türmte.

„Ob dieser Luigi schon in den frühen Morgenstunden bei Piero war? Bevor er zu Stefano gegangen ist?", fragte Caterina, als sie sicher war, dass Piero sie nicht mehr hören konnte. „Die Kleidung würde passen: Er trug doch einen dunklen Umhang."

„Schon möglich", entgegnete Salai. „Aber erst einmal müssen wir jetzt ein wenig im Müll suchen. Vielleicht steht etwas Wichtiges auf dem Zettel, von dem Signor Piero gesprochen hat."

Die beiden blickten angeekelt auf den Abfall, der sich vor ihnen häufte. Verfaultes Obst und Gemüse lag neben schimmligem Brot, zerbrochenen Tongefäßen und Glasscherben. Alles, was die Händler nicht mehr brauchten, warfen sie auf den Haufen: Vielleicht konnten die Bettler und Straßenhunde ja noch etwas damit anfangen.

Caterina nahm sich einen Stock und stocherte widerwillig im Unrat herum. Sie drehte eine kaputte Kiste mit fauligen Äpfeln um, erschreckte dabei jedoch nur eine Katze, die fauchte und mit gesträubtem Fell davonlief.

Salai deutete auf eine zerbrochene Weinflasche, die denen an Pieros Stand ähnlich sah. „Schau mal, Caterina, vielleicht sollten wir dort genauer suchen."

Caterina nahm ihren Stock und wühlte an der Stelle weiter, die Salai ihr gezeigt hatte. Schließlich zog sie einen zerknüllten Zettel hervor und hielt ihn hoch. „Ich glaube, ich habe etwas gefunden", sagte sie stolz.

Salai nahm ihr den Papierfetzen aus der Hand und strich ihn glatt. Viele Buchstaben waren jedoch durch den Schmutz und die Feuchtigkeit nicht mehr zu entziffern.

„Oh, das kann doch keiner mehr lesen", sagte Caterina enttäuscht.

Doch Salai gab nicht so schnell auf. Er dachte einen Moment angestrengt nach. Dann meinte er: „Ich glaube, ich kann trotz der fehlenden Buchstaben lesen, was auf dem Zettel steht!"

? *Was ist auf dem Zettel zu lesen?*

Der Gesandte des Königs

„Kork, Bambusrohre und Schweinsleder für Taucheranzug", las Salai seiner Freundin vor.

„Der Täter will also einen Taucheranzug bauen", stellte Caterina fest. „Dieser Zettel beweist, dass wir wirklich dem Dieb von Leonardos Notizbuch auf der Spur sind!"

„Ja, offensichtlich", erwiderte Salai. „Aber was sollen wir als Nächstes machen? Wir wissen nicht sicher, ob dieser Luigi hinter dem Diebstahl steckt. Und selbst wenn, dann kennen wir nicht einmal seinen vollen Namen!"

„Wir sollten Leonardo von unseren Entdeckungen berichten", warf Caterina ein. „Wir müssen ihm davon erzählen, dass wir Luigi bei Stefano und Lisa beobachtet haben. Und wir müssen ihm den Zettel zeigen." Caterina deutete auf das feuchte Papier, das Salai noch in den Händen hielt.

Salai zögerte. Nur zu genau erinnerte er sich daran, wie ärgerlich Leonardo über sein Verhalten gewesen war. Aber im Grunde wusste Salai, dass Caterina Recht hatte. Und früher oder später musste er seinem Lehrer ohnehin wieder unter die Augen treten.

„Also gut", willigte er endlich ein. „Gehen wir nach Hause und berichten Leonardo, was wir herausgefunden haben."

Kurze Zeit später waren Caterina und Salai zurück in Leonardos Werkstatt. Der Maestro stand unbeweglich vor seiner Staffelei und betrachtete gedankenverloren das Bildnis Signora del Giocondos.

„Maestro Leonardo", begann Caterina vorsichtig und näherte sich der Staffelei. „Wenn es Euch nicht zu sehr stört, würden wir Euch gerne etwas mitteilen."

„Ah, Caterina." Leonardo blickte auf und lächelte erfreut, wie immer, wenn er das lebhafte Mädchen sah. „Du bist jederzeit willkommen!"

Jetzt trat auch Salai einen Schritt vor. Bevor Leonardo etwas sagen konnte, hielt ihm sein Schüler den fleckigen Zettel entgegen. „Wir müssen Euch etwas sagen! Wir sind dem Dieb dicht auf den Fersen, und wir werden Euer Notizbuch wieder ..."

„Langsam, Salai." Leonardo runzelte die Stirn, doch er wirkte nicht mehr so wütend wie am Abend zuvor. „Was habt ihr ohne mein Wissen getrieben? Du solltest doch die letzten Pferdeskizzen überarbeiten."

Aufgeregt erzählten Salai und Caterina, was sie in Stefanos Laden erfahren hatten, wie sie dem geheimnisvollen Luigi bis zu dem Haus von Signora del Giocondo gefolgt waren und von der Notiz, die sie bei Pieros Stand gefunden hatten.

Leonardo warf einen Blick auf den verschmierten Zettel. „Der Täter ist also an einem Taucheranzug interessiert", murmelte er nachdenklich. „Es stimmt, in meinem Notizbuch sind auch Skizzen und Berechnungen dazu, wie ein Mensch auf dem Meeresboden gehen kann und trotzdem mit Sauerstoff versorgt wird."

„Aber wozu ist das notwendig?", fragte Caterina mit großen Augen. „Weshalb sollten Menschen unter Wasser gehen können?"

„Ich kam auf die Idee, als die türkische Flotte vor

einigen Jahren vor Venedig lag. Um die feindlichen Schiffe zu vernichten, habe ich den Plan einer ‚Unterwasser-Armee' entwickelt. Stellt euch vor: Soldaten, die sich in Anzügen unter Wasser bewegen können! Die Anzüge sind aus Schweinsleder gefertigt und haben Helme mit Glasaugen. Ein Bambusrohr, das von dem Helm zur Wasseroberfläche führt, sorgt dafür, dass der Träger des Anzugs atmen kann. Damit das Bambusrohr über der Wasseroberfläche bleibt, endet es in einem Korkgehäuse, das auf dem Wasser schwimmt. So kann der Taucher atmen und ist flink wie ein Fisch." Während Leonardo seine Erfindung erklärte, zeichnete er sie mit schnellen Strichen auf ein Blatt Papier.

„Ich verstehe aber immer noch nicht, was das mit der türkischen Flotte zu tun hat", meinte Caterina verwirrt.

„Ganz einfach. Wenn eine Stadt wie Venedig durch eine Flotte bedroht wird, könnten Soldaten in Taucheranzügen die Schiffe heimlich von unten zerstören, sie so zum Kentern bringen, und die Stadt mit ihren Einwohnern bliebe verschont."

„Stimmt", sagte Salai und war wieder einmal von dem Geist seines Lehrers beeindruckt. „Aber es ist nicht auszudenken, was geschehen könnte, wenn diese Pläne in feindliche Hände gelangen!"

„Genau, dann wären andererseits auch unsere Flotten in Gefahr!" Caterina kaute besorgt an einer Haarsträhne. „Habt ihr aufgrund dessen, was wir herausgefunden haben, denn gar keinen Verdacht, wer der Dieb sein könnte, Maestro?"

Leonardo fuhr sich nachdenklich über seinen grauen Bart. „Nun, ich kann mir zwar vorstellen, dass Mönche Gefallen daran finden würden, in den Himmel zu fliegen. Ich glaube aber nicht, dass sie Interesse an einer Taucher-Armee haben."

„Dann scheidet Bruder Antonio aus dem Kloster also aus", beendete Salai den Gedanken seines Lehrers.

„Aber ich muss zugeben, dass ich die Bekanntschaft zwischen diesem Luigi und Lisa merkwürdig finde", fuhr Leonardo fort. „Das ist ein seltsamer Zufall."

„Aber Meister Leonardo, sagt Ihr nicht selbst immer, dass in Florenz jeder jeden kennt?", wandte Salai ein.

„Das ist richtig. Doch ich erinnere mich, dass ich mich neulich auf einem Fest lange mit einem gewissen Luigi über meine Erfindungen unterhalten habe. Vielleicht war das euer Verdächtiger aus Stefanos Laden. Die Beschreibung könnte passen. Ich glaube, er hat erzählt, dass er in der Nähe der Stadtmauer direkt gegenüber vom beschädigten Turm wohnt", entgegnete Leonardo.

Ein lautes Klopfen an der Haustür riss sie aus ihren Überlegungen.

„Signor da Vinci", drang eine Stimme von der Straße nach oben in die Werkstatt. „Seid Ihr zu Hause?"

„Geh nach unten, und öffne", wies Leonardo seinen Schüler an. „Aber mach die Tür anschließend wieder zu!"

Salai wurde rot, sprang schnell auf und kam kurze Zeit später mit einem mageren Mann in hellen Strümpfen, einer Samtjacke und wehendem Umhang wieder.

„Maestro! Gestattet, dass ich mich vorstelle: Mein Name ist Jacopo di Grazie, und ich komme im Auftrag des französischen Königs." Der Mann verbeugte sich tief vor Leonardo und machte eine galante Geste. „Es ist mir eine Ehre, einen so genialen Geist wie den Euren kennen lernen zu dürfen."

Caterina fing an zu kichern, und Salai grinste breit. Leonardo warf ihnen einen strengen Blick zu.

„Mein Herr, *Ludwig XII.*, hat von Eurem beeindruckenden Talent gehört. Ich bin gekommen, um mehr Wissen über Euer Wirken zu erlangen. Der König gedenkt, Euch an seinen Hof zu rufen, sollte auch nur die Hälfte von dem stimmen, was über Euch erzählt wird", erklärte Jacopo weiter, der jetzt wieder aufrecht stand und mit schnellen Blicken die Werkstatt des Meisters musterte.

„Es freut mich, dass der König von meiner Arbeit gehört hat", erklärte Leonardo geschmeichelt. Offenbar dachte er an seinen leeren Geldbeutel und an die Möglichkeiten, die ihm im Dienst des französischen Königs zur Verfügung stünden. „Salai, besorge uns rasch guten Wein, frisches Brot und Käse", wandte sich Leonardo an seinen Schüler und gab ihm ein paar Münzen.

Salai steckte sie in seine Leinenhose, nickte Caterina auffordernd zu und verließ mit ihr zusammen die Werkstatt.

„Was für ein seltsames Benehmen", lachte Salai draußen und machte die elegante Verbeugung des Gesandten nach.

„Und wie er mit den Händen rumgefuchtelt hat", kicherte Caterina. „Hast du den Siegelring an seinem kleinen Finger gesehen? Der hat ja fast die ganze Hand bedeckt."

Prustend zogen die beiden los, um für Leonardo und seinen Gast einzukaufen. Als sie im Laden vor dem frischen Schinken, dem duftenden Käse und den süßen Honigbonbons standen, vergaßen sie für einen Moment die Ereignisse der letzten Stunden. Doch schon auf dem Rückweg fiel Salai das gestohlene Notizbuch wieder ein.

„Glaubst du wirklich, dass dieser Luigi der Täter ist?", fragte Salai seine Freundin nachdenklich.

„Wir können ihm natürlich nichts nachweisen", erwiderte sie. „Aber es spricht immerhin einiges dafür."

„Dann habe ich einen Vorschlag: Wir werden heute Nacht einen Ausflug machen!" Salai klemmte sich das Weißbrot fester unter seinen Arm. „Und zwar in das Haus des Luigi."

Caterina sah ihn erstaunt an. „Was willst du denn da machen?"

„Wenn er wirklich der Täter ist, werde ich auch Spuren finden: eine Werkstatt, Material für die Erfindungen, das Notizbuch, irgendwas", erklärte Salai. „Wir müssen schließlich etwas unternehmen."

„Das stimmt, wir müssen etwas unternehmen", echote Caterina.

Als sie in der Eingangshalle des Hauses standen, hörten die beiden Stimmen aus der Werkstatt. „Und wenn die Druckverhältnisse des Wassers mit denen der Luft gleichzusetzen sind, also in beiden Fällen Wellenbewegungen ...", erklärte Leonardo seinem Besuch gerade. Salai brachte die Lebensmittel seinem Lehrer und stieg dann wieder die Treppen zu Caterina hinunter.

„Lass uns in die Bibliothek gehen. Dort hat Leonardo einen Plan von Florenz, auf dem wir nachschauen können, wo Luigi genau wohnt", schlug er vor.

Caterina schaute Salai verwundert an. Dann erinnerte sie sich an die Worte von Leonardo. Hatte er nicht etwas von einem beschädigten Turm der Stadtmauer gesagt?

„Einverstanden!", sagte sie. Kurze Zeit später beugten sich die beiden über den Stadtplan von Florenz.

„Also, wir wohnen hier ...", murmelte Salai und fuhr mit dem Zeigefinger über den Stadtplan. Gleich darauf blickte er grinsend wieder auf. „Ich hab's! Ich weiß, wo wir heute Nacht hinmüssen!"

Wo wohnt Luigi?

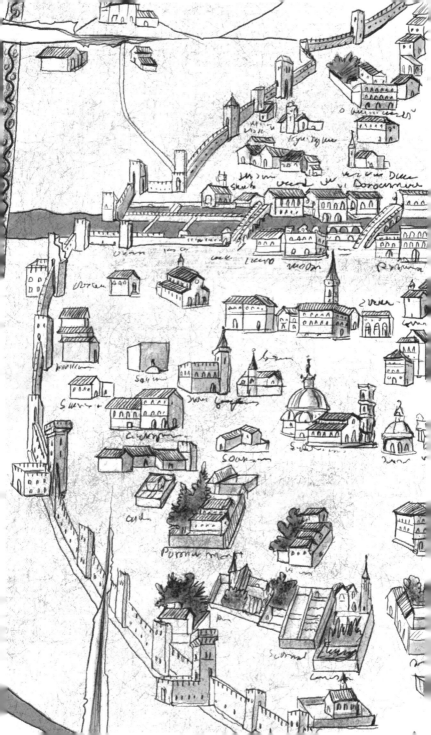

# Nächtliches Abenteuer

Am Abend ging Salai früh in sein Zimmer, legte sich angezogen aufs Bett und versuchte, nicht einzuschlafen. Er würde wach bleiben und später in der Nacht Caterina wecken, um mit ihr zu Luigis Haus bei dem beschädigten Turm zu gehen. Er musste das Notizbuch einfach finden!

Doch noch während Salai überlegte, wie er am besten wach blieb, fielen ihm seine Augen zu, und er schlief unruhig ein.

„Wach auf!" Es klopfte leise an Salais Fenster. Salai war sofort hellwach.

„Caterina?", flüsterte er. „Wie spät ist es?"

Doch statt ihre Antwort abzuwarten, nahm er schnell einen kleinen Hocker, schob ihn vor das Fenster, kletterte lautlos hinaus und stand einen Moment später verlegen vor seiner Freundin.

„Mach schon, du Schlafmütze", wisperte Caterina mit einem spöttischen Grinsen und lief los.

Die Straßen von Florenz lagen dunkel und leer vor ihnen. Nur durch die Fensterläden der Wirtshäuser drang schwaches Licht, und ab und zu war das laute

Lachen der Gäste zu hören. Caterina hastete so schnell durch die Finsternis, dass Salai kaum mitkam.

Kurze Zeit später erreichten die beiden atemlos den Turm und erkannten sofort ein vornehmes Anwesen, das sich direkt gegenüber befand. Alle Fensterläden und Türen waren geschlossen. Ratlos blickten Caterina und Salai an der Front des Hauses hoch.

„Und jetzt?", fragte Caterina ratlos. „Hier kommt nicht einmal eine Maus unbemerkt hinein!"

„Die Fenster sind alle fest verschlossen", überlegte Salai. „Jemand muss uns die Tür aufmachen. Anders kommen wir nicht in das Haus."

„Mir ist wirklich nicht nach Witzen zu Mute", flüsterte Caterina.

„Das war kein Witz", entgegnete Salai ruhig. Dann erklärte er ihr, was er vorhatte. Nach einigem guten Zureden willigte Caterina schließlich ein, seinen Plan auszuprobieren.

„Aufmachen!", rief Caterina kurze Zeit später mit flehender Stimme und klopfte an die Haustür. „Oh, habt Erbarmen, öffnet mir die Tür! Gebt mir ein Glas Wasser und ein Stück Brot!"

Sie hatte ihr Gesicht und ihre Hände mit Staub und Erde beschmiert. Ihre Haube saß noch schiefer als sonst auf dem Kopf, und unter ihrem zerschlissenen Kleid schauten ihre nackten Füße hervor. Sie drückte ihre Hände auf den Bauch und stöhnte erbarmungswürdig. Es dauerte nicht lange, bis sie drinnen Schritte hörte. Die Haustür wurde aufgerissen, und ein alter Diener stand vor ihr.

„Bist du wahnsinnig geworden", zischte er sie erbost an. „Du weckst noch die gesamte Herrschaft und die Nachbarn dazu! Verschwinde!"

„Oh, im Namen Jesu, des Barmherzigen, gebt einer armen Bettlerin eine milde Gabe! Ich bitte nur um trockenes Brot und ein wenig zu trinken", stöhnte Caterina weiter. Dabei drückte sie noch fester auf ihren Bauch. „Gebt mir unwürdigen Sünderin das, was Ihr ohnehin nicht mehr braucht."

Der Diener schaute in ihr Gesicht und murmelte: „So ein junges Ding. Sie zählt doch höchstens zwölf Jahre", während Caterina weiterjammerte und flehte.

„Wenn du mir versprichst, leise zu sein und dann gleich weiterzuziehen, werde ich sehen, ob ich etwas für dich finde", sagte er schließlich.

„*Mille grazie!*", sagte Caterina und bekreuzigte sich. „Gott sei mit Euch." Der Diener lehnte die Tür an und schlurfte offenbar zur Küche.

Schnell drehte sich Caterina um und gab Salai, der dicht an die Hauswand gepresst gewartet hatte, ein Zeichen. Im nächsten Augenblick stand Salai neben Caterina, öffnete die Haustür einen Spalt und schlüpfte hinein. Gerade noch rechtzeitig, bevor der Diener wieder zurückkam, versteckte er sich hinter einem Ledersessel, der im Flur stand.

„Was für eine barmherzige Seele Ihr doch habt! Ich danke Euch", lenkte Caterina den nichts ahnenden Diener ab, während sie sich für diese Flunkerei selbst zehn Vaterunser auferlegte. Hastig trank sie das Glas Wasser, das der Mann ihr reichte, nahm den Kanten Brot und verschwand in der Dunkelheit.

„Puh!", dachte Salai, der mit einem Grinsen das Schauspiel seiner Freundin beobachtet hatte. „Im Haus bin ich schon mal. Das wäre geschafft!"

Er wartete, bis der Diener wieder in einem der Zimmer verschwand. Dann blieb er noch eine Weile stehen und lauschte in die Dunkelheit. Als er sicher war, dass alles ruhig blieb, schaute er sich vorsichtig um. Seine Augen hatten sich inzwischen an die Dunkelheit gewöhnt, und er spähte in den langen Flur.

„Vermutlich geht es hier direkt zum Hinterhof", überlegte Salai. Langsam und vorsichtig schlich er zum Ende des Ganges, bis er vor einer Eichentür stand. Behutsam drehte Salai den Türknauf um und schaute hinaus: Im schwachen Mondlicht sah er den Hinterhof des Hauses, dessen Mittelpunkt ein mächtiger Mandelbaum bildete. Am hinteren Ende des Hofes zeichneten sich die Umrisse von Pferdeställen und einem alten Schuppen ab.

Salai war trotz seiner Angst von der Größe und

Schönheit des Anwesens beeindruckt. Er beschloss, zuerst einmal zu dem alten Schuppen zu schleichen. Wenn ihr Verdächtiger etwas zu verstecken hatte, dann würde er es wohl am ehesten dort finden.

Wie ein Schatten huschte er weiter zur Hofmitte. Ein Pferd im Stall wurde unruhig, wieherte und schlug mit dem Huf gegen die Wand. Mit klopfendem Herzen wartete Salai hinter dem Stamm des Mandelbaumes. Doch anscheinend war niemand von dem Lärm aufgewacht, und nach einiger Zeit beruhigte sich auch das Pferd wieder.

Als der Mond für einen Augenblick hinter den Wolken verschwand, nahm Salai einen tiefen Atemzug und lief weiter zum Schuppen. Hastig schob er den

Riegel beiseite und schlüpfte hinein. Er stieß gegen etwas Kaltes und streckte tastend seine Hand aus. Das musste ein Amboss sein.

Die Wolken verschwanden, und auf einmal fiel der Mondschein gleichzeitig durch die Tür und das Fenster des Schuppens. Salai erkannte, dass Hämmer und Hufeisen an den Wänden hingen. Der Besitzer des Hauses schien eine eigene Schmiede zu haben, um seine Pferde zu beschlagen.

„Groß ist der Schuppen ja nicht", überlegte Salai. „Hier ist bestimmt kein Platz, um eine Erfindung Leonardos zu bauen!"

Trotzdem wollte er ganz sicher sein, dass er nichts übersah. Vielleicht gab es von hier einen geheimen Zugang zu einem größeren Raum? Salai tastete sich weiter. Dabei suchte er die Wände nach Unebenheiten ab, die eine Geheimtür vermuten ließen, aber er entdeckte nichts Ungewöhnliches. Er wollte schon wieder umkehren, als er mit seinem Fuß gegen etwas Hölzernes stieß.

„Autsch", rief er verärgert aus und befühlte seinen großen Zeh. „So ein Mist, was steht denn da auf dem Boden rum!" Salai bückte sich und erkannte eine Truhe mit kunstvollen Schnitzereien, die gar nicht zu den sonstigen Gerätschaften in dem Schuppen passte.

„Jetzt wird es doch noch interessant", dachte Salai. Sofort machte er sich daran, die Truhe zu untersuchen.

„Wo ist denn nur das Schloss?", schimpfte er leise vor sich hin. Aber so aufmerksam er auch das Holz der Truhe abtastete, er fand keine Öffnung, in die ein Schlüssel gepasst hätte.

„So was!", staunte Salai. „Wie geht das Ding nur auf?" Seine Finger glitten langsam weiter. Auf einmal bemerkte er kleine Erhebungen, die ihn an Knöpfe erinnerten. Aufgeregt drückte er einen nach dem anderen hinunter, doch der Deckel rührte sich nicht.

Er zog die Truhe dichter an das Fenster, um sich im schwachen Mondlicht ihre Verzierung genauer anzusehen. Die Schnitzereien bestanden in Wirklichkeit aus verschnörkelten Buchstaben.

„Hm", machte Salai. „Ob die Buchstaben vorgeben, in welcher Reihenfolge man die Knöpfe drücken muss? Vielleicht bilden sie ein Wort?" Mit gerunzelter Stirn starrte er auf die Buchstaben.

„Ha!", rief er schließlich triumphierend. „Das muss es sein!"

In welcher Reihenfolge muss Salai die Knöpfe drücken?

Die Einladung

„F-L-O-R-E-N-Z", murmelte Salai und drückte dabei die Knöpfe auf der Truhe hinunter.

Kaum hatte er den letzten Knopf gedrückt, sprang der Deckel der Truhe mit einem leisen Klacken auf. Mit klopfendem Herzen schaute Salai hinein, konnte aber in dem schwachen Licht nicht viel erkennen.

In seinem Innersten hoffte er, das Notizbuch von Leonardo zu finden, mit ihm nach Hause zu gehen und es seinem Meister wieder auf das Pult zu legen. Was würde Leonardo für Augen machen, wenn er seine Aufzeichnungen wiederhätte!

Aufgeregt griff Salai in die Truhe. Aber anstelle eines Buches fand er ein Bündel Briefe, Schriftstücke und Verträge.

„Seltsam", dachte Salai. „Warum versteckt dieser Luigi hier Unterlagen?" Salai öffnete den Knoten und versuchte, das oberste Dokument im Mondlicht zu entziffern. Unten auf dem Papier erkannte er das Siegel der Medici, der reichen florentinischen Herrscherfamilie, die in den letzten Jahren immer mehr von ihrer früheren Macht eingebüßt hatte.

„Luigi de Medici! Natürlich!", flüsterte Salai. „Luigi

gehört zum Geschlecht der Medici!" Gebannt blätterte er weiter.

Trotz der Dunkelheit gelang es ihm, einige Wörter zu entziffern. „Widerstand gegen die Franzosen!", las Salai erstaunt. „Die Medici sind die rechtmäßigen und alleinigen Herrscher von Florenz ...", „Zusammenschluss aller Medici für eine starke Regierung ..." Salai überflog hastig die Schriftstücke.

„Luigi de Medici will die alleinige Herrschaft seiner Familie über Florenz wiedererlangen", dachte Salai gerade, als er Schritte auf dem Hof hörte. Schnell duckte er sich unter das Fenster. In gebeugter Haltung stopfte er die Papiere zurück in die Truhe und schloss den Deckel.

„Die Medici haben nach wie vor großen Einfluss", erkannte Salai die Stimme des Mannes, den sie am Morgen getroffen hatten. „Erst heute hat mir der Händler Stefano Pius erzählt, dass der Unmut über die Verwahrlosung in unserer Stadt wächst. Die Bevölkerung sehnt sich nach klaren politischen Verhältnissen und einer Führung, der sie vertrauen kann."

Salai hielt den Atem an. Was immer Luigi de Medici für Pläne hatte, sie hatten bestimmt nichts mit Leonardos Erfindungen zu tun. Die Stimme war jetzt so nah, als ob Luigi direkt vor dem Fenster des Schuppens stand. Ob er mit seinem Gesprächspartner zu den Dokumenten wollte? Schweißperlen traten Salai auf die Stirn.

„Das stimmt! Andererseits haben die Medici in den letzten Jahren gewaltig an Vermögen und Einfluss verloren", hörte er nun die Stimme eines anderen Mannes.

„Da muss ich Euch leider Recht geben. Wir haben hohe Kredite vergeben und das Geld durch die schwierige Situation in unserem Land verloren. Die italienischen Herrscher sind untereinander zerstritten, Frankreich erobert unsere Städte, und in Florenz herrschen chaotische Zustände." Luigi seufzte tief. „Doch genug davon. Ich habe Euch in Eurer Eigenschaft als Arzt zu mir gebeten. Es ist sehr freundlich, dass Ihr so spät noch gekommen seid. Lasst uns also zu meiner Gemahlin ins Haus gehen. Sie hat schreckliche Krämpfe ..."

Die Stimmen wurden leiser, und Salai atmete erleichtert auf. „Nichts wie weg hier!", dachte er und schlich zur Tür. In der Dunkelheit sah er, wie die beiden Männer im Haus verschwanden.

Er wartete noch kurz, dann lief er zum Mandelbaum und weiter zum Haupthaus. Dort brannten nun Lampen, und einige Dienstboten liefen über den Gang, doch Salai gelang es, unbemerkt über den Flur und durch die Haustür zurück auf die Straße zu gelangen.

Erleichtert stand er schließlich wieder vor dem Haus und blickte sich nach Caterina um, die auf der anderen Straßenseite im Schatten eines Hauseingangs auf ihn wartete.

„Und?", fragte sie ungeduldig, als sie ihn in der Dunkelheit erkannte. „Hast du etwas entdeckt?"

Salai erzählte seiner Freundin, was er erlebt hatte.

„Dann war unser nächtliches Abenteuer also umsonst", seufzte Caterina enttäuscht.

„Nicht ganz, immerhin können wir Luigi als Täter ausschließen", antwortete Salai und gähnte. „Aber jetzt muss ich erst einmal schlafen."

Müde gingen die beiden zur *Via Ghibellina* zurück, verabschiedeten sich und fielen erschöpft in ihre Betten.

„Salai, aufstehen!", rief Leonardo am nächsten Morgen seinen Schüler. „Liegst du immer noch im Bett? Die Sonne scheint, und du schläfst wie ein Murmeltier."

Salai richtete sich mühsam auf. Verschlafen blickte er seinen Meister an, der im Türrahmen stand. Dann fiel ihm alles wieder ein: Caterinas Flehen um Brot, der Hinterhof, der Schuppen, die Holztruhe …

„Maestro, ich muss Euch etwas erzählen", begann Salai direkt.

„Steh erst einmal auf. Caterina wartet schon in der Küche auf dich." Leonardo fuhr sich über seine Löwenmähne. „Wart ihr etwa heute Nacht heimlich unterwegs?" Kopfschüttelnd verließ der Meister das Zimmer, während Salai seine Hosen überzog, um ebenfalls in die Küche zu gehen.

Bei einem Glas frischer Milch, Weißbrot und Käse berichteten Caterina und Salai von ihrem nächtlichen Erlebnis. Als sie fertig waren, runzelte Leonardo die Stirn. „Luigi de Medicis geheimnisvolles Verhalten hat also einen ganz anderen Grund, als wir vermutet haben", stellte er fest. „Damit kommt er als Dieb wohl kaum infrage."

„Dann müssen wir noch einmal von vorne beginnen", sagte Salai nüchtern. „Was wissen wir von dem Täter?"

„Dass er sich für den Nachbau von Leonardos Erfindungen interessiert und …" Caterina wurde von Salai unterbrochen.

„… und dass er einen Umhang trägt!", vollendete er den Satz seiner Freundin.

„Genau!" Caterina ging in dem Moment, in dem Salai das Wort Umhang aussprach, ein Licht auf. „Was wollte eigentlich der Gesandte des französischen Königs von Euch?", wandte sie sich an Leonardo.

Leonardo nickte nachdenklich. „ Aha, ich verstehe, worauf ihr hinauswollt. Nun, dieser Jacopo war ausschließlich an meinen Erfindungen interessiert. Er hat das Gemälde von Signora Giocondo nicht einmal eines Blickes gewürdigt! Auch als ich ihm meine Studien über die menschlichen Organe gezeigt habe, schaute er immer wieder zu den Vogelflugskizzen. Von meinen Proportionsstudien wollte er gar nichts wissen, dabei gehören sie zu meinen wichtigsten Untersuchungen. Habe ich euch davon eigentlich schon einmal erzählt? Wenn ihr euch einmal diese Zeichnung anseht, dann erkennt ihr, dass die menschlichen Körperteile in einem bestimmten Verhältnis zueinander stehen."

Salai stöhnte auf und bedachte Caterina mit einem viel sagenden Blick, der erkennen ließ, dass auch er sich nur mäßig für die Proportionsstudien seines Meisters interessierte. Aber seine Freundin hing wie gebannt an Leonardos Lippen. Wieder einmal schien

Leonardo alles um sich herum zu vergessen, griff nach einer Feder und zeichnete den Körper eines Mannes.

„Ich habe viele Menschen vermessen", erklärte er, während er auf seine Skizze zeigte, „und bin zu dem Schluss gekommen, dass die Länge der einzelnen Gliedmaßen bestimmten Gesetzen unterliegt. Dein Gesicht misst ungefähr ein Zehntel deines Körpers, und dein Ohr ist in etwa so lang wie deine Nase, schau mal ..."

Doch bevor Caterina prüfen konnte, ob Leonardos Beobachtungen richtig waren, klopfte es an der Haustür.

„Meister Leonardo, macht auf!", rief eine Stimme von draußen. „Ich habe eine Einladung von Signor Pazzi für Euch!"

Ohne Aufforderung lief Salai hinaus und kam mit einer Schriftrolle zurück, die er Leonardo überreichte.

„Signor Pazzi, der alte Spaßvogel, gibt wohl wieder einmal ein Fest!", freute sich Leonardo, während er die Schriftrolle auseinander wickelte.

Als er sah, was auf dem Papier stand, glitt ein Lächeln über sein Gesicht. Er zeigte das Schriftstück Caterina und Salai, die zunächst ratlos auf die Einladung starrten.

Doch dann musste auch Caterina lächeln. „Jetzt verstehe ich, was Signor Pazzi meint!", rief sie. Begeistert stieß sie Salai ihren Ellenbogen in die Rippen. „Rätst du nicht, was das heißen soll?"

Was steht auf der Einladung?

Maskerade

„Meister Leonardo ist auf einen Maskenball eingeladen!", rief Caterina erfreut aus. „In der Villa des Bankbesitzers Pazzi! Wie gerne würde ich da mitkommen."

„Die Maskenbälle im Garten des Signor Pazzi sind in der Tat ein Erlebnis", bestätigte Leonardo. „Die geschmückte Villa, die fantastischen Kostüme und erst die in tagelanger Arbeit zubereiteten Speisen …"

Salai überlegte einen Moment. Vielleicht konnte man ausnahmsweise einmal das Nützliche mit dem Angenehmen verbinden.

„Maestro", begann er zögerlich. „Ich habe da so eine Idee!"

„So, du hast also eine Idee", wiederholte der Meister und sah seinen Schüler lächelnd an. „Und um welche Idee handelt es sich?"

„Zu dem Fest sind sicherlich alle vermögenden Bewohner von Florenz eingeladen. Also vielleicht auch der Mann, den wir suchen. Außerdem sind Pazzis Bälle so berühmt, dass auch ein Fremder davon hören und beschließen kann hinzugehen. Wenn wir auf dem Fest die Nachricht verbreiten würden, dass Caterinas Vater eine große Bambuslieferung bester Qualität erwartet ..."

„Du sprichst von ‚wir'", unterbrach ihn Leonardo und zog die Augenbrauen in die Höhe. „Du meinst wohl eher, *ich* soll diese Falschmeldung in die Welt setzen!"

„... falls der Dieb auch auf dem Ball ist, wird er bestimmt gleich am nächsten Tag die Werkstatt von Caterinas Vater Rosselli aufsuchen, um ihm den Bambus abzukaufen." Salai redete einfach weiter, ohne sich von der Bemerkung Leonardos ablenken zu lassen.

„Und in der Werkstatt meines Vaters werde ich Augen und Ohren aufhalten, um den Täter zu beobachten und nicht entwischen zu lassen", beendete Caterina die Gedanken von Salai.

„Genau!", fügte Salai mit gewissem Stolz hinzu. „Außerdem verrät sich der Dieb vielleicht auf dem Fest, wenn Ihr von der erwarteten Bambuslieferung erzählt! Wir werden die Gäste im Auge behalten und beobachten, ob einer von ihnen sich auffällig verhält."

„Ihr vergesst dabei, dass die Einladung ausschließlich an mich gerichtet ist." Leonardo sah zweifelnd von einem zum anderen. „Ich glaube nicht, dass Pazzi begeistert wäre, wenn ich meinen Schüler und ein Nachbarmädchen mitbrächte."

„Aber Meister, es ist doch ein Maskenball. Alle sind als Tiere verkleidet, und niemand wird uns erkennen", versuchte Caterina, Leonardo zu überzeugen.

„Wir werden uns als ... Krokodil, Pferd und Löwe verkleiden", schlug Salai vor.

„Nein, Meister Leonardo geht als Eule, weil er so weise ist", widersprach Caterina. „Und ich werde mich als Fuchs tarnen."

„Klar, weil du so schlau bist." Salai verzog das Gesicht.

„Darf ich auch einen Vorschlag machen?", fragte Leonardo schmunzelnd.

Caterina und Salai sahen ihn erwartungsvoll an.

„Ihr werdet als Paradiesvögel verkleidet auf den Ball gehen, und ich werde euch als Vogelfänger begleiten."

„Ihr nehmt uns wirklich mit?", rief Caterina und klatschte vor Begeisterung in die Hände. „Ich werde Euch ein Kostüm aus echten Vogelfedern nähen und ..."

„Die Kostüme leihen wir uns bei Signor Predi", unterbrach Leonardo ihren Redefluss schnell. „Das Fest ist schon in zwei Tagen. Bis dahin wirst du wohl kaum drei Kostüme nähen können."

Leonardo hatte nicht übertrieben: Die Villa des Signor Pazzi war prächtig geschmückt. Überall brannten Fackeln und Öllampen, römische Säulen und Statuen schmückten den Garten. In der Nähe eines kleinen Teiches stand ein vornehm gedeckter Tisch.

Doch noch saßen die Gäste nicht, sondern lustwandelten mit hohen Weingläsern in den Händen zwischen den Blumenbeeten auf und ab. Dabei wurde laut gelacht und gescherzt.

„Sieh mal, Alberti", hörte Caterina, die mit Salai bei den Rosensträuchern stand, eine hohe Frauenstimme. „Wer verbirgt sich denn hinter dieser albernen Froschmaske?"

Caterina folgte unwillkürlich dem Blick der als Katze verkleideten Frau und musste ihr insgeheim Recht geben. Das Froschkostüm machte in der Tat einen lächerlichen Eindruck.

„Fehlt nur noch, dass der Frosch in den Teich hüpft", flüsterte Caterina Salai ins Ohr.

„Wo ist denn überhaupt Leonardo?", fragte Salai zurück. „Eben stand er doch noch mit Signor Pazzi neben der Statue."

Caterina schaute sich um. „Dahinten ist er. Lass uns zu ihm gehen und hören, was er zu erzählen hat."

Leonardo war von einer Menschentraube umringt. Beim Näherkommen hörten Caterina und Salai verzückte „Ohs" und bewundernde „Ahs", während der Gelehrte Wortspielereien und Rätsel zum Besten gab.

Als sie den Kreis erreichten, zog Leonardo gerade eine kleine Flöte aus seiner Tasche und stimmte ein

Lied an. Die Zuhörer begannen, im Takt der Musik zu klatschen und mitzusummen.

„Spielt uns etwas auf der Violine vor!", bat eine Frau, nachdem Leonardo das Lied beendet hatte.

Pazzi drehte sich zu einem Diener um und befahl: „Lauf schnell, und hole dem Meister sein Lieblingsinstrument." Der Diener eilte los. Wenig später überreichte er Leonardo mit einer ehrfurchtsvollen Verbeugung eine *Lira da braccio.*

Leonardo legte sie auf seine Schulter, schloss die Augen und fuhr mit dem Bogen über die Saiten. Die Zuhörer verstummten und lauschten den leisen Tönen.

Auch Caterina und Salai waren von dem Spiel Leonardos verzaubert.

„Er hat wieder neue Melodien komponiert", flüsterte Salai seiner Freundin zu, bevor ihn ein tadelndes „Psst" verstummen ließ.

Schließlich nahm Leonardo die *Lira* herunter und verbeugte sich. Zögernd durchbrach einer der Zuhörer die eintretende Stille, bis alle begeistert klatschten.

„Meine lieben Freunde! Nachdem uns Meister Leonardo einen Ohrenschmaus bereitet hat, wollen wir auch unsere Mägen erfreuen. Kommt und greift zu", lud Signor Pazzi die Gäste nun ein und wies auf den mittlerweile reich gedeckten Tisch, von dem ein köstlicher Duft ausging. Langsam schlenderte die Gesellschaft los. Die Stühle in Leonardos Nähe waren sofort besetzt, sodass Salai und Caterina schräg gegenüber Platz nahmen.

„Oh, ist das lecker", sagte Salai mampfend zu Caterina. Auf seinem Teller stapelten sich Fasan, Hühnchenbrust und eingelegte Birnen und Datteln.

„Ich platze gleich", stimmte Caterina ihm zu. „So gut habe ich noch nie gegessen."

„Leonardo scheint unseren Plan völlig vergessen zu haben." Salai nickte zu seinem Lehrer hinüber. „Er philosophiert über alles Mögliche: über Musik, über Architektur, über die Kunst, die Griechen und Römer – aber hast du schon einmal das Wort Bambus gehört?"

„Nein", seufzte Caterina. „Ich werde ihn daran erinnern müssen."

Sie stand auf, ging zu Leonardo hinüber, beugte sich über seine Schulter und flüsterte ihm etwas ins Ohr.

Leonardo nickte leicht mit dem Kopf. Wenig später kam er auf den Handel in Florenz zu sprechen. Er stöhnte darüber, wie schwer es doch aufgrund der unruhigen politischen Verhältnisse geworden sei, gutes Material zum Bau seiner Erfindungen zu bekommen.

Salai und Caterina beobachteten die anderen Gäste genau, während er sprach.

„Und überall wird man betrogen", fuhr der Meister fort. „Der einzig verlässliche Händler in der Stadt ist meiner Meinung nach der alte Rosselli! Ihm kann man wirklich trauen. Er hat mir letzte Woche versprochen, eine große Ladung Bambus von bester Qualität zu besorgen. Und ich bin sicher, die Lieferung ist bereits morgen da."

In diesem Augenblick beugte sich ein als schwarzer Rabe verkleideter Mann über den Tisch. „Sind Eure Erfindungen tatsächlich schon so ausgereift, dass Ihr sie umsetzen könnt?", fragte er und griff nach einer Flasche Wein.

Salai stockte der Atem. „Sieh nur", flüsterte er Caterina zu. „Den Vogel kennen wir!"

? *Wen hat Salai erkannt?*

Bedrohlicher Besuch

Den folgenden Tag verbrachte Salai zum ersten Mal mit Erlaubnis seines Lehrers nicht arbeitend im Haus, sondern draußen auf der Straße. Er lehnte in einem Hauseingang und beobachtete unauffällig den Eingang der Werkstatt von Signor Rosselli. Hoffentlich hatte ihr Plan funktioniert, und der Täter würde heute wirklich in der *Via Ghibellina* auftauchen.

Unterdessen arbeitete Caterina ungewohnt bereitwillig in der Werkstatt ihres Vaters. Sie kehrte den Boden, ordnete die Regale, und als ob das noch nicht genug sei, putzte sie danach auch noch die Fenster.

„Caterina, hast du wieder etwas ausgefressen?", wollte ihr Vater wissen, der das emsige Treiben seiner Tochter anfangs erfreut, später mit Misstrauen beobachtete. „Rück schon raus mit der Sprache. Was ist gestern auf dem Maskenball passiert? Ich wollte dich sowieso nicht gehen lassen. Nur auf Drängen deiner Mutter habe ich nachgegeben. Sie kann Meister Leonardo einfach nichts abschlagen."

„Es ist alles in Ordnung", beruhigte Caterina ihren Vater. „Mach dir keine Sorgen." Sie hätte zu gerne ihre Arbeit auf der Stelle stehen und liegen lassen, um über den Markt zu schlendern. Aber sie wollte unbedingt da sein, falls der Dieb heute die Werkstatt ihres Vaters aufsuchen würde. Aus dem Augenwinkel beobachtete sie den Hofeingang, während sie die Fenster blank rieb.

Und dann geschah es tatsächlich: Wie aus dem Nichts stand plötzlich ein hagerer Mann auf dem Hof. Er trug einen dunklen Umhang, aus dem eine Degenspitze hervorlugte. Obwohl er sich die Kapuze weit übers Gesicht gezogen hatte, erkannte Caterina in ihm sofort den vermeintlichen Gesandten, der Leonardo vor einigen Tagen aufgesucht hatte.

Mit schnellen Blicken erfasste der Mann seine Umgebung: die Arbeiter, die mit dem Meister sprachen oder Holz hobelten, das Werkzeug, die Bretter, die Kisten und Holzstapel. Nichts schien seiner Aufmerksamkeit zu entgehen. Dann blieben seine Augen einen Augenblick lang auf Caterina haften. Caterina hielt den Atem an. Doch der Fremde schien sich zum Glück nicht daran zu erinnern, dass er sie in der Werkstatt Leonardos schon einmal kurz gesehen hatte.

Sie atmete tief durch, nahm all ihren Mut zusammen und ging auf ihn zu.

„Kann ich Euch helfen?", fragte sie.

Der Mann schüttelte verneinend den Kopf. „Ich möchte Meister Rosselli sprechen", erwiderte er unfreundlich.

„Ich bin seine Tochter und könnte Euch vielleicht auch Auskunft geben", versuchte es Caterina, wobei sie nach dem Siegelring des Mannes schielte.

„Hast du nicht gehört? Ich möchte mit dem Meister selbst reden", lautete die grobe Antwort.

Meister Rosselli war ohnehin bereits auf den Fremden aufmerksam geworden und trat auf ihn zu. „Womit kann ich Euch dienen, mein Herr?", fragte er freundlich, doch Caterina blieb das Misstrauen in seiner Stimme nicht verborgen.

„Wenn ich Euch unter vier Augen sprechen dürfte?" Die dünnen Lippen des Fremden verzogen sich zu einem Lächeln.

„Natürlich, gehen wir ins Haus", erwiderte Rosselli und ging voran. Sie überquerten den Werkstatthof und standen kurze Zeit später in der Eingangshalle des Wohnhauses.

Caterina fand, dass die Eingangstür des Hauses dringend geputzt werden müsse, und folgte den Männern mit ihrem Lappen. Zwar wagte sie es nicht, ins Haus zu gehen, aber die Tür stand einen Spaltbreit offen, sodass sie das Gespräch der beiden von draußen belauschen konnte.

„Wie ich weiß, erwartet Ihr eine größere Menge Bambus", hörte Caterina den Fremden gerade mit einnehmender Stimme sagen.

„Ich muss Euch leider enttäuschen, mein Herr, aber wir arbeiten hier überwiegend mit Kiefernholz. Möbel aus Bambus fertigen wir gar nicht an", erwiderte der Vater leicht verwirrt.

„Soweit ich gehört habe, habt Ihr Euch in diesem Fall als Zwischenhändler betätigt", versuchte es der Fremde weiter und platzte dann heraus: „Ich biete Euch doppelt so viel wie Signor da Vinci, für den Ihr den Bambus besorgt habt!"

Caterina stockte der Atem. Ihr Plan ging tatsächlich auf! Was wohl ihr armer, ahnungsloser Vater gerade dachte?

Signor Rosselli räusperte sich und entgegnete eine Spur lauter als notwendig, dass der andere ihm auch das Dreifache bieten könne, er wisse überhaupt nicht, wovon die Rede sei.

„Und ob du das weißt", zischte der Fremde wütend. „Aber wenn du mir nicht freiwillig helfen willst, muss ich eben grob werden."

Caterina linste ängstlich in die Halle. Der Mann hatte seinen Degen gezogen und hielt ihn ihrem Vater an den Hals!

„Mach schon den Mund auf!", flüsterte er gefährlich leise.

Caterina, die im Rücken des Fremden stand, sah die entsetzten Augen ihres Vaters. „Was soll ich jetzt bloß tun?", dachte sie verzweifelt.

In diesem Augenblick entdeckte Rosselli seine Tochter. Laut rief er: „Caterina, mach, dass du wegkommst!"

Irritiert drehte sich der Fremde um. Schnell warf Caterina ihm ihren nassen Putzlappen mitten ins Gesicht. Rosselli nutzte die Gelegenheit, um seinem Angreifer den Degen aus der Hand zu schlagen. Behände schnappte er sich die Waffe und setzte ihre Spitze auf die Brust des hageren Unbekannten, dem das dreckige Putzwasser aus den Haaren tropfte.

Vor lauter Wut beachtete der Fremde Rosselli gar nicht.

„Du miese kleine Ratte", fluchte er stattdessen in Caterinas Richtung. Bei dem jämmerlichen Anblick konnte sich Caterina ein Lächeln nicht verkneifen.

„Meine Tochter würde ich an Eurer Stelle nicht beleidigen", drohte Rosselli und drückte die Degenspitze noch etwas fester auf die Brust des Mannes. „Ihr verlasst jetzt sofort mein Haus und meine Werkstatt. Und ich will Euch hier nie mehr sehen!"

Der Fremde verzog sein Gesicht, drehte sich jedoch um und ging zur Tür. Mit schnellen Schritten überquerte er den Innenhof und eilte auf die Straße.

Noch bevor ihr Vater sich von seinem Schreck erholt hatte, war Caterina ebenfalls vom Hof verschwunden.

„Ich muss ihm nach", dachte sie. „Er darf uns nicht entwischen! Hoffentlich hat Salai ihn gesehen."

Salai wartete bereits am Hofausgang auf Caterina. „Mach schon!", rief er ihr entgegen. „Er ist nach rechts gelaufen, zur großen Kathedrale." Die beiden rannten so schnell sie konnten in dieselbe Richtung und holten den Fremden bald ein. In einigem Abstand folgten sie ihm.

Als ob der Dieb merken würde, dass er verfolgt wurde, drehte er sich ab und zu um. Aber zum Glück waren die Straßen in Florenz zu dieser Tageszeit voller Menschen. Caterina und Salai versteckten sich immer wieder im Getümmel, blieben im Schatten der Häuser und drückten sich in Hofeingänge. So erreichten sie die Kathedrale, deren Kuppel in der Sonne leuchtete, und überquerten den großen Vorplatz.

„Wo geht er nur hin?", fragte Caterina Salai erstaunt. „Bald haben wir die Stadtmauern erreicht!"

„Wahrscheinlich will er Florenz verlassen", vermutete Salai. „Achtung, jetzt biegt er in die *Via dei Servi!*"

Die schmale Straße außerhalb des Stadtzentrums war menschenleer. Caterina und Salai mussten ihren Abstand vergrößern, um nicht entdeckt zu werden. Dann machte die Gasse einen Knick, und einen Augenblick verloren die beiden den Fremden ganz aus den Augen.

Sie beeilten sich, um den Dieb bald wieder in ihrem Blickfeld zu haben. Doch als sie den Bogen der Gasse hinter sich gelassen hatten, war niemand mehr zu sehen. Stattdessen starrten sie auf die Stadtmauern von Florenz, die sich vor ihnen auftaten.

Salai lief weiter auf die Mauern zu, blickte nach rechts und links, doch vergeblich: Von einem schwarzen Umhang fehlte jede Spur.

„So ein Mist", schimpfte Salai. „Wir haben ihn verloren!"

„Er kann sich doch nicht einfach in Luft aufgelöst haben." Caterina überlegte einen Moment. Sie betrachtete die alte Stadtmauer, die mit Gräsern und Moos bewachsen war. "Ich glaube, er ist uns durch einen geheimen Ausgang entwischt", sagte sie nach einer Weile.

"Du meinst, er ist durch die Stadtmauer entkommen?", fragte Salai ungläubig.

"Ja, und ich weiß auch, durch welche Stelle er geschlüpft ist."

Was hat Caterina entdeckt?

Die unterirdische Werkstatt

Jetzt erkannte auch Salai, was Caterina entdeckt hatte. „Die Fugen des unteren Steins sind nicht mit Moos und Gras bewachsen!"

Salai trat einen Schritt auf die Mauer zu und kniete sich hin. Er tastete den Stein ab und drückte auf seine Kanten. Plötzlich knackte es leise, und der Stein bewegte sich zur Seite. Salai blickte in eine Öffnung. Er sah eine Treppe, die steil nach unten in die Erde führte.

„Das ist bestimmt ein alter Gang, der für den Fall gebaut wurde, dass die Stadt belagert wurde", erklärte Salai seiner Freundin. „Leonardo hat mir einmal davon erzählt. Wenn der Feind Florenz umzingelte, bestand so die Möglichkeit zu fliehen. Komm, lass uns sehen, wohin der Weg führt." Er stand schon auf der ersten Stufe.

Die Treppe schien in vollkommene Dunkelheit zu führen. Caterina zögerte. Aber schließlich siegte ihre Neugierde, und sie stieg Salai hinterher.

„Warte, nicht so schnell", versuchte sie, Salai zu bremsen, der die Treppen trotz der Finsternis ringsumher zügig hinabging. Nachdem sie ein paar Stufen hinuntergestiegen waren, sahen sie nichts mehr und tasteten sich mühsam voran.

Caterina fuhr zusammen, als ihr dabei etwas Weiches um die Fersen strich. „Ratten fühlen sich hier bestimmt richtig wohl", sagte sie voller Ekel.

Salai nahm Caterina an die Hand und ging weiter in die vor ihm liegende Dunkelheit. Auch ihm klopfte das Herz bis zum Halse. Aber er dachte an das gestohlene Notizbuch, das sie wiederfinden mussten. „Keine Angst", wisperte er, um seiner Freundin und sich selbst Mut zu machen. „Es wird uns schon nichts passieren."

Nachdem sie sich ein Stück vorwärts getastet hatten, flackerte auf einmal kurz ein Lichtschein vor ihnen auf.

„Ich glaube, dort ist eine Höhle oder ein Raum", flüsterte Salai seiner Freundin zu. „Ich habe einen Lichtschein gesehen."

Vorsichtig schlichen sie weiter und gingen langsam auf die Lichtquelle zu. So gelangten sie zu einem Eingang, der sich rechts vom Gang befand. Sie drückten sich mit dem Rücken eng an die Wand und schauten hinein: Vor ihnen lag ein großer Raum, der mit Fackeln erleuchtet war.

Caterina und Salai verharrten einen Augenblick regungslos und starrten auf das, was sich vor ihnen auftat: Unter der Decke des Raumes hingen aus Holz und Baumwolle gefertigte Vogelschwingen. Die Flügel wurden in der Mitte durch eine Lederkonstruktion, die Platz für einen Menschen bot, zusammengehalten.

„Warte nur", sagte der angebliche Gesandte gerade und strich mit seiner Hand über den Flugapparat. „Bald werde ich mit dir in die Lüfte steigen. Noch bist du zu schwer. Nicht Holz, sondern Bambus ist notwendig, damit du fliegen kannst wie ein Falke. Heute habe ich eine Niederlage erlitten. Aber du wirst sehen: Bald werde ich das letzte Hindernis genommen haben und Verstrebungen aus bestem Bambus bauen."

Dann drehte sich der Dieb zu einem Tisch um, auf dem ein aus Schweinsleder hergestellter Anzug mit einem Helm lag. Ein kaltes Lächeln glitt über sein Gesicht. „Leonardo ist genial. Aber der Ruhm wird mir gehören! Mir, Perugino, den alle verachtet und verspottet haben! Ich werde der Erste sein, der fliegen wird! Ich werde der Erste sein, der unter Wasser atmen kann! Florenz wird vor mir auf die Knie fallen. Macht, Einfluss und Bewunderung sind mir sicher."

Caterina und Salai lief es kalt den Rücken hinunter.

„Schnell weg von hier, bevor er uns entdeckt", flüsterte Caterina in Salais Ohr. „Er ist wahnsinnig. Wir müssen Hilfe holen."

Salai sah ein, dass sie alleine nichts ausrichten konnten. Lautlos entfernten sie sich von der unterirdischen Werkstatt, gingen den dunklen Tunnel zurück, stiegen die Treppenstufen hinauf und kletterten wieder ins Freie. Erleichtert atmeten sie die frische Luft ein.

„Wir müssen Leonardo holen", sagte Salai dann und lief los. Caterina hetzte ihm hinterher. Im Eilschritt ging es zurück durch die *Via dei Servi* und an der Kathedrale vorbei zur *Via Ghibellina*. Caterina und Salai rannten die Treppen zu Leonardos Werkstatt hinauf, wo der Meister an seinem Pult stand und zeichnete.

„Maestro Leonardo! Zum Glück seid Ihr zu Hause!", rief Salai aufgeregt. „Wir haben den Dieb gefunden."

„Was sagst du da?", fragte Leonardo, drehte sich um und hob erstaunt die Augenbrauen. „Wo ist er?"

Atemlos erzählten Caterina und Salai, was sie erlebt hatten. Als sie geendet hatten, fuhr sich Leonardo nachdenklich über seinen Bart. „Wozu Menschen aus Machtgier und Eitelkeit alles fähig sind!", sagte er verblüfft. Dann griff er nach seinem Degen, der normalerweise unbenutzt in einer Ecke der Werkstatt lehnte. „Lasst uns losgehen! Wir sollten keine Zeit vergeuden."

Mit zügigen Schritten verließen sie das Haus. Diesmal durchquerten sie zu dritt die Innenstadt, um zur Stadtmauer zu gelangen. Wieder stiegen sie unter die Erde, tasteten sich den schmalen Gang entlang und standen endlich an dem Eingang der geheimen Werkstatt.

Leonardo zögerte keinen Moment. Furchtlos näherte er sich Perugino von hinten und zog seinen Degen aus dem Gürtel. Ehe Perugino begriff, was vor sich ging, legte Leonardo die Spitze des Degens an den Hals des Diebes.

„Wer seid Ihr, dass Ihr Euch so für meine Erfindungen begeistert?", fragte Leonardo. „Sicherlich nicht der Gesandte des französischen Königs! Vermutlich habt Ihr auch den Namen Jacopo nur erfunden. Dreht euch um, und seht mir in die Augen."

„Leonardo da Vinci", flüsterte der Fremde, der sich langsam zu ihm wandte. Sein Gesicht wirkte gespenstisch im Schein der Fackeln. „Wie habt Ihr mich nur gefunden? Aber ich hätte wissen müssen, dass vor Eurem Geist nichts verborgen bleiben kann."

Leonardo schmunzelte. „Nun, ganz so ist es nicht", erwiderte er und nickte zu Caterina und Salai hinüber. „Auch ein wacher Verstand braucht ab und zu kluge Helfer. Aber ich bin gekommen, um Euch Fragen zu stellen, nicht umgekehrt! Also, wer seid Ihr?"

„Mein Name ist Perugino. Ich stamme aus Mailand. Schon als Kind trieb mich die Frage um, ob es Menschen möglich ist zu fliegen. Doch sosehr ich auch grübelte, ich hatte keine Idee, wie man es schaffen könnte. Und auch meine anderen Erfindungen misslangen und machten mich zum Gespött der Leute. Dann hörte ich von Euch, von Euren Fähigkeiten und Talenten. Immer wieder wurde der Name Leonardo da Vinci genannt, wenn es um Erfindungen ging, über die noch kein Mensch auch nur nachzudenken gewagt hatte."

Peruginos Gesicht verwandelte sich in eine verzerrte Maske.

„Immer wieder Leonardo da Vinci! Leonardo, der Künstler! Leonardo, der Wissenschaftler! Leonardo, der Erfinder! Man nannte Euch sogar einen Magier! Jahrelang beobachtete ich Euer Tun und musste einsehen, dass Ihr meinem Geist wahrhaft überlegen seid. Dieser Gedanke fraß mich auf, ließ mich nicht schlafen, machte mich halb wahnsinnig. Doch schließlich wurde mir klar, worin Eure Schwäche lag: Trotz Eurer Genialität wart Ihr immer auf Gönner angewiesen. Ihr hattet kein eigenes Geld, um Eure Ideen umzusetzen. Da kam mir der Gedanke, dass ich *vor* Euch Eure Erfindungen bauen könnte. Dafür brauchte ich Eure Aufzeichnungen, und deshalb stahl ich das Notizbuch."

Leonardo schüttelte ungläubig den Kopf. „Neid ist wirklich eine Todsünde der Menschheit", sagte er nachdenklich. „Er führt zu Zerstörung und Unglück. Aber eines verstehe ich nicht: Weshalb habt Ihr euch als Gesandter des französischen Königs ausgegeben und seid noch einmal zu mir gekommen? Das Notizbuch hattet Ihr doch bereits."

„Eure Ideen waren so gewagt und kühn, dass ich sie trotz Eurer Aufzeichnungen zunächst nicht ganz verstand", antwortete Perugino. „Ich konnte nicht glauben, dass die Wellenbewegungen im Wasser und in der Luft ähnlichen Gesetzen unterliegen. Erst nach unserem Gespräch wurde mir das volle Ausmaß der Genialität Eurer Forschungen bewusst."

Leonardo beobachtete Perugino, wobei sein Gesicht keine Gefühlsregung zeigte. „Euch ist natürlich klar, dass ich nicht nur mein Notizbuch, sondern auch die Ergebnisse Eurer Arbeit an mich nehmen werde." Dabei zeigte er auf den Taucheranzug und die Vogelflügel.

Perugino nickte und kniff seine Lippen zusammen. „Selbstverständlich", sagte er zerknirscht.

„So leicht wollt Ihr ihn davonkommen lassen, Maestro?", mischte sich Salai jetzt ein. „Immerhin wollte er Euch ruinieren!"

„Nun", nahm Leonardo den Gedanken seines Schülers auf. „Salai hat Recht. Ihr wolltet mir großen Schaden zufügen. Vielleicht sollte ich Euch doch lieber verhaften lassen ..."

Perugino knirschte mit den Zähnen. Dann zischte er: „Ich verfüge über ein beträchtliches Vermögen. Natürlich werde ich in Zukunft Eure Forschungen finanziell unterstützen."

„Das will ich meinen!", rief Salai aus und dachte an die ganzen Köstlichkeiten, die er und Caterina sich von nun an auf dem Markt kaufen würden: Honigbonbons, Datteln, Mandeln, Kuchen ...

Als ob Leonardo die Gedanken seines Schülers lesen würde, drehte er sich zu Salai um. „Und du, mein Freund, wirst ab morgen wieder zu deinen eigentlichen Aufgaben zurückkehren: die Werkstatt aufräumen, Farben anrühren, Pinsel auswaschen, Tiere zeichnen und Latein lernen!"

Salai verdrehte die Augen. Er sah nicht, dass Leonardo Caterina heimlich zuzwinkerte.

Lösungen

Der Diebstahl
In der Werkstatt fehlt Leonardos Notizbuch, das auf dem Pult lag.

Wonach sucht der Dieb?
Auf der Liste steht: *Fahrrad, Panzer, Fallschirm, Flugapparat, Unterseeboot, Taucheranzug.* Leonardo schrieb alles spiegelverkehrt.

Die Verfolgung
Luigis Hut ist in dem rechten Haus zu sehen.

Eine heiße Spur
Auf dem Zettel steht: *Kork, Bambusrohre und Schweinsleder für Taucheranzug.*

Der Gesandte des Königs

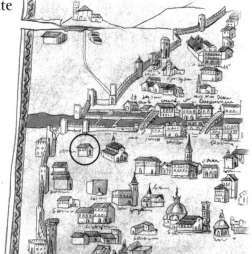

Nächtliches Abenteuer
Die Buchstaben mit den Knöpfen auf der Truhe ergeben in der richtigen Reihenfolge das Wort *FLORENZ*.

Die Einladung
Auf der Einladung steht: *Maskenball der Tiere am Sonntag bei Sonnenuntergang im Garten meiner Villa. Pazzi*

Maskerade
Salai hat den angeblichen Gesandten des französischen Königs, Jacopo, erkannt. Der als Rabe verkleidete Mann trägt den gleichen auffälligen Siegelring am kleinen Finger wie Leonardos Besucher.

Bedrohlicher Besuch
Caterina hat im unteren Teil der Stadtmauer einen einzelnen Stein entdeckt, dessen Fugen nicht wie bei den anderen Steinen mit Moos und Gras bewachsen sind.

Glossar

All'inferno: zur Hölle
Arno: Fluss durch Florenz
Ave Maria: christliches Gebet. Es wurde oft als Sühne auferlegt, um von Sünden freigesprochen zu werden.
Buon giorno: Guten Tag!
Buono a nulla: Nichtsnutz
Florenz: Florenz (italienisch Firenze) ist eine mittelalterliche Stadt in der Toskana. Im 14. und 15. Jahrhundert wurde Florenz zu einem wichtigen Handels-, Finanz- und Kulturzentrum.
Ludwig XII.: Nach dem Tod Karls VIII. (1498) wird Ludwig XII. bis zum Jahre 1515 König von Frankreich.
Lira da braccio: ein fünfsaitiges Streichinstrument und Vorläufer der Violine. Die Lira war neben der Laute eines der beliebtesten Instrumente der Renaissance. Leonardo spielte nicht nur auf der Lira. Er erfand und baute auch seit seiner frühesten Jugend Musikinstrumente.
Maestro: Meister
Medici: Die Medici waren eine reiche florentinische Kaufmannsfamilie, die von 1434 bis 1737 mit kurzen Unterbrechungen die Herrschaft über Florenz innehatte.
Mille grazie: Tausend Dank!
Mona Lisa: Die „Mona Lisa" ist eines der bekanntesten Gemälde der Welt. Leonardo da Vinci bekam 1504 den Auftrag, die Frau eines reichen Florentiner Kaufmanns

namens Mona Lisa del Giocondo zu malen. Leonardo arbeitete über drei Jahre an ihrem Porträt.

Natur: Leonardo betrachtete die Natur stets als sein Vorbild. Er beobachtete nicht nur Tiere und Pflanzen, sondern auch die Gesetzmäßigkeiten des Wassers und der Luft.

Notizbuch: Leonardo führte zeit seines Lebens ein Notizbuch. Dort trug er völlig ungeordnet seine Zeichnungen, Berechnungen, Konstruktionen und Ideen ein. Als Linkshänder schrieb er spiegelverkehrt, also von rechts nach links.

Ölfarben: Zu Lebzeiten Leonardos wurden die Farben mit Ei angerührt. Leonardo war einer der Ersten, der Öl als Bindemittel benutzt hat.

Palazzo: Palast

Palazzo Vecchio: Der Palazzo Vecchio verkörpert die weltliche Macht im mittelalterlichen Florenz. Sein Glockenturm hat eine Höhe von 94 Metern. Heute ist der Palast das Rathaus von Florenz.

Proportionsstudien: Leonardo studierte den Bau des menschlichen Körpers ganz genau. Er fand heraus, dass verschiedene Körperteile in einem bestimmten Verhältnis (Proportion) zueinander stehen.

Reiterstatue: Leonardo entwarf eine Reiterstatue, die so hoch wie ein zweistöckiges Haus war.

Salai: Salai (wörtlich „Dämon") wohnte als Schüler Leonardos viele Jahre bei seinem Meister.

Santo padre: Heiliger Vater

Schatten: Frühere Künstler ordneten das Wechselspiel

von Licht und Schatten der Farbe unter. Leonardo erkannte die Bedeutung des Lichteinfalls für die Wirkung eines Gemäldes und setzte sie gezielt in seinen Werken ein.

Siegelring: Wichtige Schriftstücke wurden gekennzeichnet, indem man sie mit Wachs beträufelte und den Stempel eines Siegelrings hineintauchte. Der Stempel war einzigartig und schützte die Urkunden vor Fälschungen.

Signor: Herr

Signora: Frau

Signorina: Fräulein

Stadtplan: Im Mittelalter gab es noch keine Stadtpläne, in denen Straßen verzeichnet waren. In dem ältesten Plan von Florenz sind nur die Hauptgebäude, Gärten, Brücken und die Stadtmauer skizziert.

Venedig: Venedig galt bis zum 15. Jahrhundert als eine der einflussreichsten Städte Italiens. 1498 wurde Venedig von der türkischen Flotte bedroht. Die Schiffe zogen jedoch wieder ab, ohne die Stadt anzugreifen.

Via: Straße

Vogelflugstudien: Leonardo interessierte sich zeit seines Lebens für das Fliegen. Er beobachtete den Flug der Vögel und entwickelte unterschiedliche Flugapparate. Trotzdem blieb das Fliegen für Leonardo ein Traum, den er nicht verwirklichen konnte.

Zeittafel

15.4.1452	Leonardo da Vinci wird als uneheliches Kind in Anchiano bei Vinci geboren.
1470	Leonardo geht nach Florenz und wird wegen seines herausragenden Talents als Maler von Meister Verrocchio als Lehrling aufgenommen.
1482	Leonardo verlässt Florenz wieder, um für den Herzog Sforza in Mailand zu arbeiten. Zu dieser Zeit entwickelt er unter anderem Berechnungen zu einem Panzer und einer Reiterstatue. Er vertieft seine Vogelflugstudien und malt drei seiner bekanntesten Werke: „Die Madonna in der Felsengrotte", „Die Dame mit dem Hermelin" und „Das Abendmahl".
1498	Leonardo flieht vor den französischen Truppen, die Mailand erobern. Es folgen unruhige Wanderjahre.
Um 1500	Leonardo da Vinci kehrt nach Florenz zurück. Im Dienste des Tyrannen Cesare Borgia beschäftigt er sich überwiegend mit Festungen und Kriegsmaschinen.
1503–1506	Arbeit an der „Mona Lisa"
1506	Leonardo wird wieder nach Mailand berufen. Er untersucht die Funktionen des menschlichen Körpers und seziert zu diesem Zwecke Leichen.

1513   Leonardo zieht nach Rom. Der Papst verbietet ihm die Leichensektion.
1517   Leonardo geht an den Hof des französischen Königs Franz I. in Amboise.
1519   Leonardo da Vinci stirbt in Frankreich.

Das Zeitalter der Renaissance

Das französische Wort „Renaissance" bedeutet „Wiedergeburt". „Wieder geboren" wurden in der Zeit des 14. bis 16. Jahrhunderts in Europa der Baustil und die Kultur der Römer und Griechen.

Besonders Italien erlebte damals eine Blüte der Renaissance. Es wurden Tempel und Paläste gebaut, die an Gebäude vor Christi Geburt erinnerten. Philosophie und Forschung bekamen einen hohen Stellenwert.

Leonardo war nicht der einzige Wissenschaftler seiner Zeit, dessen Wirken bis heute von Bedeutung ist: Gutenberg erfand den Buchdruck, und Kopernikus errechnete die Erdlaufbahn.

Aber die Renaissance war ebenfalls von Hunger und Krieg gezeichnet. Wie in vielen Teilen Europas wütete auch in Italien die Pest. Die italienischen Herrscher waren untereinander zerstritten, und französische Truppen marschierten in Mailand und Florenz ein. Um Krankheit und Tod zu vergessen, wurden viele Feste gefeiert. Besonders beliebt waren Maskenbälle.

Zu Lebzeiten da Vincis war Florenz die bedeutendste Stadt Italiens und galt als Hochburg der Renaissance.

Leonardo da Vinci: ein Universalgenie

Leonardo da Vinci war ein Genie auf ganz unterschiedlichen Gebieten. Seine Arbeiten als Maler, Wissenschaftler, Erfinder und Baumeister sind in vielerlei Hinsicht grundlegend. Leonardo war den Menschen seiner Zeit jedoch so weit voraus, dass viele seiner Ideen erst Jahrhunderte später umgesetzt wurden.

Leonardo – der Maler

Seine Lehrjahre verbrachte Leonardo bei dem Meister Andrea del Verrocchio, der ein erstklassischer Goldschmied, Bildhauer und Maler war. Im Mittelalter war es üblich, dass Künstler Auftragsarbeiten annahmen und sie gemeinsam mit ihren Schülern umsetzten. So entstand auch das heute noch erhaltene Bild „Die Taufe Christi". Leonardo malte den „Knienden Engel", der durch seine Leichtigkeit hervorstach. Nicht nur die anderen Lehrlinge staunten über Leonardos Fähigkeiten. Auch Verrocchio war tief beeindruckt von seinem Talent. Es wird erzählt, dass der Meister nicht mehr malen wollte, weil er von seinem Schüler übertroffen wurde.

In den folgenden Jahren entwickelte Leonardo eigene Techniken. Wichtig war ihm, so zu malen, wie die Natur tatsächlich aussah. Je weiter Felsen, Flüsse und Bäume entfernt schienen, desto kleiner zeichnete er sie auf seinen Bildern. Dabei verschwammen die Landschaftskonturen, denn weit entfernte Dinge werden für unser Auge unschärfer.

Auch das Wechselspiel von Licht und Schatten beobachtete Leonardo genau und setzte es in seinen Werken um. Starkes Licht erzeugt dunkle Schatten, während trüberes Wetter graue Schattierungen hervorruft.

Leider malte Leonardo nicht alle Bilder zu Ende. Er scheiterte an seinen eigenen Ansprüchen, die selbst für ihn unerreichbar waren. Zu seinen bekanntesten Werken gehören neben der „Mona Lisa" „Das Abendmahl", „Die Madonna in der Felsengrotte" und die „Dame mit dem Hermelin".

Leonardo – der Wissenschaftler

Zu Leonardo da Vincis wichtigsten wissenschaftlichen Hinterlassenschaften zählen seine Anatomiestudien. Zeit seines Lebens beschäftigte er sich mit dem menschlichen Körper. Um einen Menschen genau zeichnen zu können, wollte er auch ein Bild der Muskulatur, Knochen und inneren Organe vor Augen haben. Leonardo sezierte Leichen und lernte das Innere des Körpers auf diese Weise kennen. Dabei unterbrach er seine Arbeit in der Leichenhalle immer wieder, um die Blutbahnen und die wichtigsten Organe der Toten direkt vor Ort aufzuzeichnen. Seine Skizzen waren unter medizinischen Aspekten ausgesprochen wertvoll. Anders als heute war das Studium an Toten im Mittelalter jedoch nur in Ausnahmefällen erlaubt. Deswegen musste Leonardo seine Untersuchungen heimlich durchführen. Sein besonderes Interesse galt der Funktion des menschlichen Auges. Zu seinen Lebzeiten dachten die Menschen, das Auge würde Strahlen aussenden. Leonardo entdeckte jedoch, dass wir sehen können, weil Licht in unser Auge hineinfällt.

Leonardo – der Erfinder

Obwohl Leonardo Gewalt verabscheute, erfand er viele Kriegsmaschinen. Aus Geldmangel entwickelte er die grausamsten Waffen, um sie verschiedenen Herrschern anzubieten. Neben einem Unterseeboot und einem Taucheranzug konstruierte er Panzer, Wurffeuer-

Geschütze und eine Schnellfeuer-Armbrust.

Gleichzeitig war Leonardo vom Wunsch beseelt, das tägliche Leben und die schwere Arbeit der Menschen zu vereinfachen. In der Renaissance wurde in Florenz Tuch hergestellt. Leonardo entwickelte eine Apparatur zum Aufspulen von Garn und eine Schneidemaschine für Wolle.

Neben verschiedenen Flugapparaten konstruierte er auch einen Fallschirm, eine Art Hubschrauber, ein Fahrrad, ein Paddelboot und ein Auto.

Leonardo – der Baumeister

Zu Lebzeiten Leonardos wütete in vielen Städten die Pest. Leonardo ahnte, wie wichtig Sauberkeit für die menschliche Gesundheit war. Müll sollte nicht, wie es üblich war, einfach auf die Straße gekippt werden. Damit der „schwarze Tod" keine weiteren Opfer fand, entwickelte Leonardo ein Abwassersystem. Durch unterirdische Kanäle und Röhren sollte der menschliche

Unrat abfließen, anstatt überall herumzuliegen. Zusätzlich erfand er Pumpen, die frisches Wasser in die Häuser der Stadtbewohner brachten.

Leonardo – der Bildhauer

Eine der gewagtesten Konstruktionen war Leonardos Reiterstatue, die die Italiener „Il Cavallo" (das Pferd) nennen. Allein das Pferd sollte sieben Meter hoch werden. Um das Standbild anfertigen zu können, entwickelte Leonardo ein neues Gussverfahren. Zur Verwirklichung des Standbildes wurden Unmengen von Bronze benötigt. Doch die Kriegswirren seiner Zeit erlaubten die Fertigstellung nicht: Die Bronze wurde nicht für Kunst, sondern für Kanonenkugeln gebraucht.

Experimente und Anregungen

Farben selber herstellen

Früher war es üblich, Farben selbst anzurühren. Farben bestehen aus einem Bindemittel und kleinen Farbteilchen, den Pigmenten.

Leonardo war einer der Ersten, der anstelle von Eigelb auch Öl als Bindemittel benutzt hat. Versuche einmal, Farben selbst herzustellen. Dazu brauchst du

- eine kleine Schüssel und einen Mörser
- Eigelb oder Öl
- Farbpigmente, die du aus Pflanzen, Beeren oder Erde gewinnst
- Tafelkreide

Zerreibe die Pflanzen, Beeren oder Erde in dem Mörser ganz fein. Gebe etwas Kreide hinzu, und stampfe sie ebenfalls in kleinste Teilchen. Füge nun etwas Eigelb oder Öl dazu. Mische einige Tropfen Wasser in die Menge.

Die Natur als Vorbild

Leonardo da Vinci betrachtete häufig die Natur. Sie gab ihm Anregungen und war oft der Anstoß für seine Erfindungen. Für seine Flugstudien beobachtete er nicht nur Vögel, sondern auch Samen, die durch die Luft getragen werden.

Sammle verschiedene Samen, z. B. Löwenzahn, Birke, Erle, Ahorn, und lasse sie von einem Treppenabsatz „fliegen".

- Wie bewegen sie sich?
- Welche Flugbahnen haben sie?
- Welche Samen können Leonardo als Vorbild für einen Propeller gedient haben?

Baue selber einen kleinen Flieger. Überlege zuerst, was für Material du brauchst (Papier, Klebstoff, Watte, Streichhölzer, Plastik, Büroklammern …).

Beobachte den Flug. Gleitet dein Flieger? Taumelt er? Dreht er sich beim Fliegen um die eigene Achse? Wie landet er?

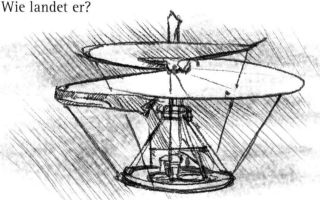

Einen Fallschirm bauen

Zeit seines Lebens hat sich Leonardo da Vinci mit dem Fliegen beschäftigt. Er entdeckte das Gesetz, dass Druck Gegendruck erzeugt. Dieses Wissen brachte ihn auf die Idee, einen Fallschirm zu erfinden.

Nimm ein Stofftaschentuch, und nähe an seine vier Ecken jeweils einen Bindfaden. Befestige an den Bindfaden eine kleine, leichte Puppe oder Figur. Wirf den Fallschirm aus einem Fenster. Beobachte, was passiert. Überlege noch einmal, was das Gesetz „Druck erzeugt Gegendruck" in diesem Zusammenhang bedeutet.

Wiederhole das Experiment mit einem Stück Plastik, das du aus einer Tüte schneidest. Was fliegt besser?

Leonardo heute

Welche Zeichnung Leonardo da Vincis findest du auf der heutigen italienischen 1-Euro-Münze?

Sieh dir eine Krankenversicherungskarte an. Welche Zeichnung Leonardo da Vincis findest du darauf? Überlege, warum ausgerechnet diese Zeichnung dort abgebildet ist.

Annette Neubauer hat schon als Kind lieber spannende Fälle gelöst, als mit Puppen zu spielen. Noch heute bewundert sie Miss Marple, die mit Witz und Verstand jedes Verbrechen aufklärt. Neben ihrer schriftstellerischen Tätigkeit leitet Annette Neubauer eine pädagogische Fachpraxis in Gütersloh. Über Post von Leseratten freut sie sich sehr! Der Verlag leitet eingehende Briefe gerne weiter.

Silvia Christoph, Jahrgang 1950, studierte Grafik-Design und arbeitet seit mehr als 20 Jahren als freie Illustratorin. Heute schreibt und illustriert sie Kinderbücher und ist für zahlreiche Verlage tätig. Sie ist außerdem Musikerin, spielte in verschiedenen Bands und arbeitete als Studiosängerin für Disney-Produktionen.

TATORT FORSCHUNG

Ratekrimis mit Aha-Effekt!

- *Wissenswertes aus Technik und Wissenschaft geschickt eingewoben in einen fesselnden Krimi*
- *Viele spannende Rätsel*
- *Zeittafel und weiterführende Sachtexte im Anhang*
- *Mit Anleitungen zu einfachen Experimenten*

Berlin 1920: Albert Einstein ist häufiger Gast bei den Hausmusiken der Familie Goldfarb. Eines Tages wird Einsteins Geigenkasten gestohlen, in dem sich wichtige Formeln befinden. Wer mag wohl ein Interesse an diesen Aufzeichnungen haben? Die Geschwister Jakob und Hannah untersuchen den Fall. Wie ein Puzzle setzen sie Stück für Stück die Indizien zusammen – und machen eine verblüffende Entdeckung ...